機動部隊旗艦「大和」 1

鋼鉄の守護神

横山信義

Nobuyoshi Yokoyama

C★NOVELS

扉　画　佐藤道明
地図・図版　安達裕章
編集協力　らいとすたっふ

目次

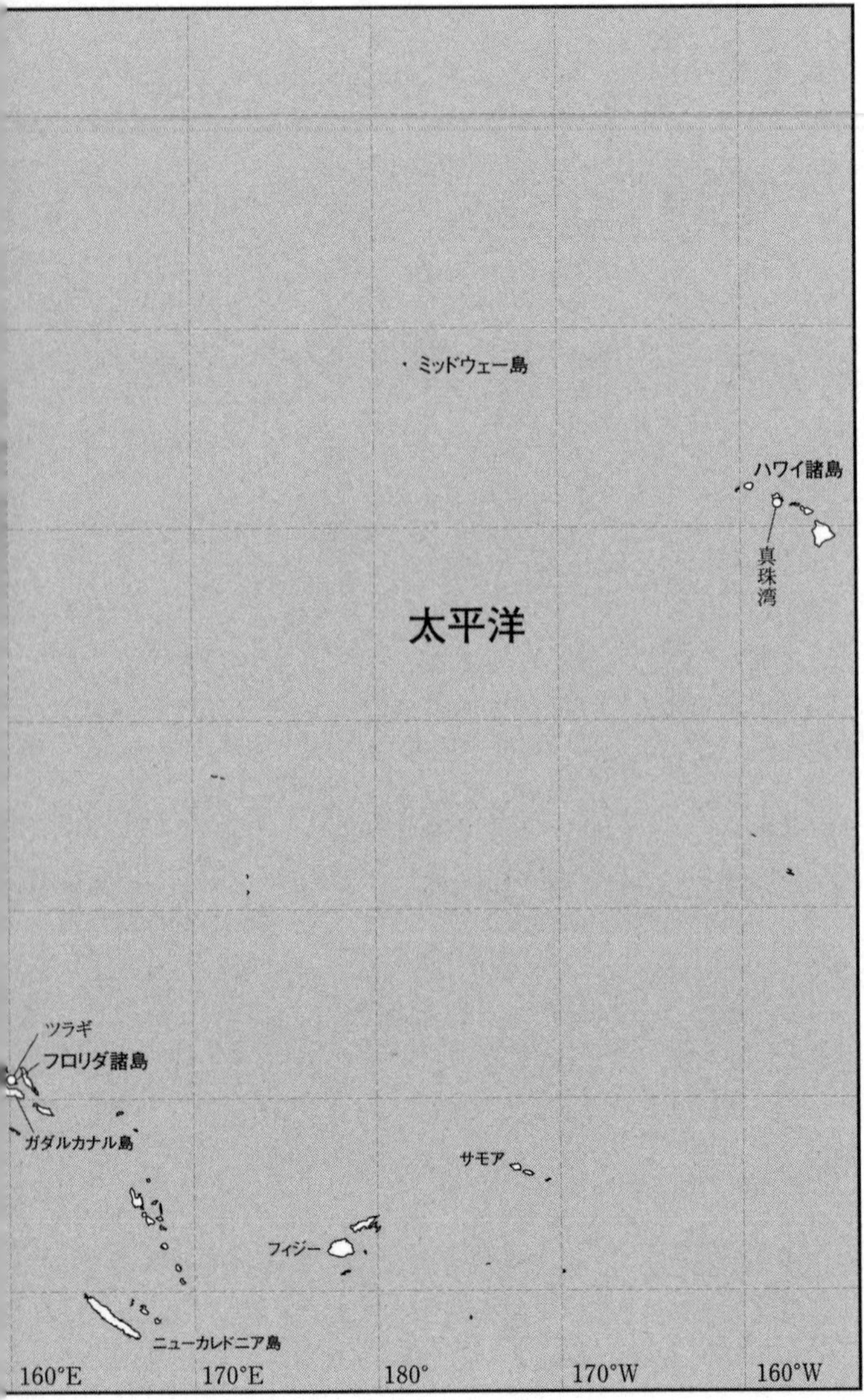

ミッドウェー島
ハワイ諸島
真珠湾
太平洋
ツラギ
フロリダ諸島
ガダルカナル島
サモア
フィジー
ニューカレドニア島
160°E
170°E
180°
170°W
160°W

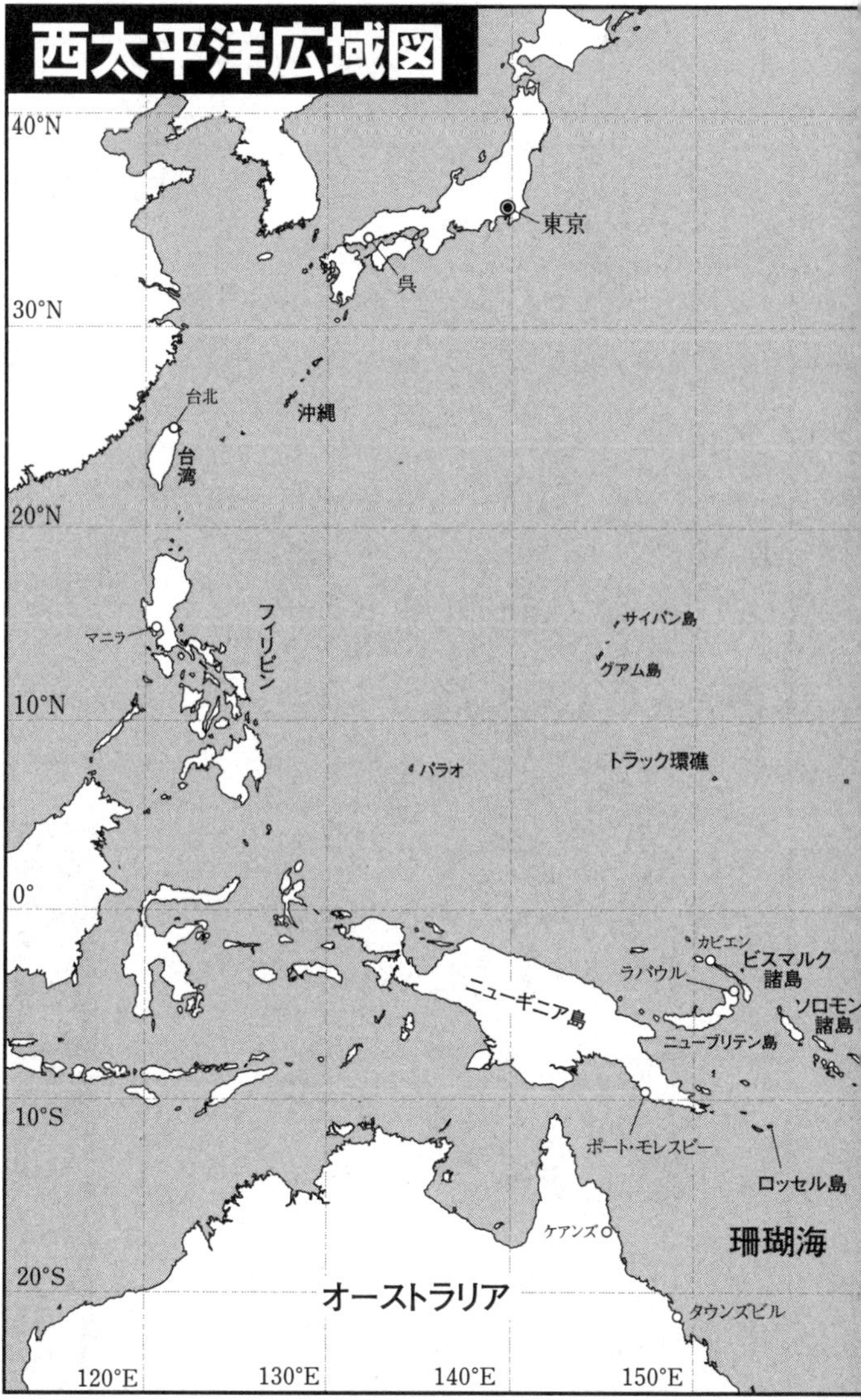

西太平洋広域図
40°N
30°N
20°N
10°N
0°
10°S
20°S
120°E
130°E
140°E
150°E
東京
呉
台北
沖縄
台湾
フィリピン
マニラ
サイパン島
グアム島
パラオ
トラック環礁
カビエン
ビスマルク諸島
ラバウル
ソロモン諸島
ニューギニア島
ニューブリテン島
ポート・モレスビー
ロッセル島
ケアンズ
珊瑚海
オーストラリア
タウンズビル

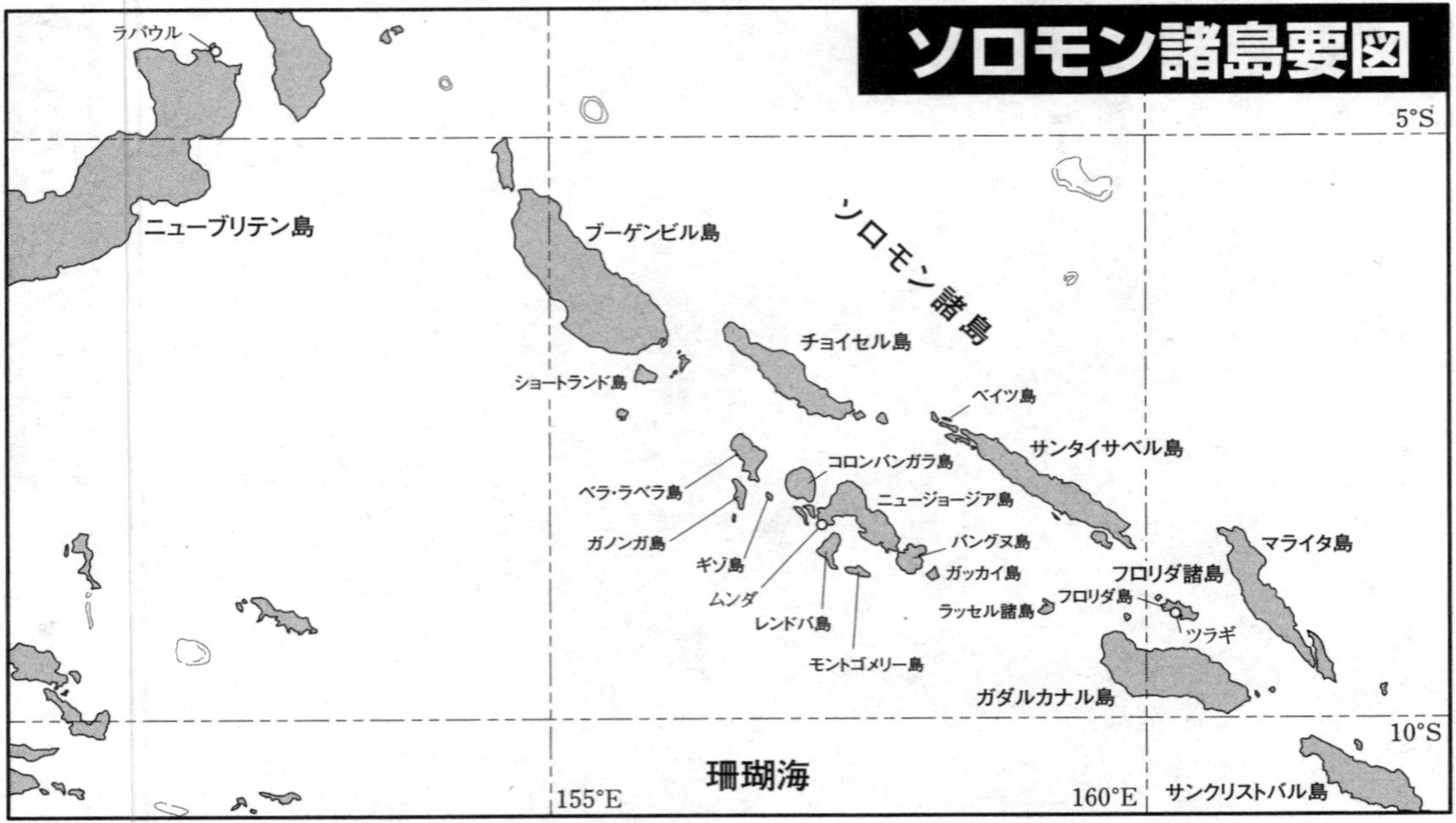
ソロモン諸島要図
ラバウル
ニューブリテン島
ブーゲンビル島
ソロモン諸島
ショートランド島
チョイセル島
ベイツ島
サンタイサベル島
コロンバンガラ島
ベラ・ラベラ島
ニュージョージア島
ガノンガ島
バングヌ島
ギゾ島
ガッカイ島
ムンダ
レンドバ島
モントゴメリー島
ラッセル諸島
フロリダ諸島
フロリダ島
ツラギ
マライタ島
ガダルカナル島
5°S
10°S
155°E
160°E
珊瑚海
サンクリストバル島

機動部隊旗艦「大和」1

鋼鉄の守護神

序章

初夏の明るい日差しが、その巨艦を照らしていた。

中央に艦橋《かんきょう》と煙突《えんとつ》、後部指揮所がそびえる様《さま》は、岩峰《がんぽう》が連なっているように見える。

主砲は三連装。前部に二基、後部に一基だ。

四六センチの口径は、これまで列国の戦艦《せんかん》が採用したどの砲よりも大きい。

艦の中央部は、左右に大きく膨《ふく》らんでおり、防御装甲《そうこう》の厚みを感じさせる。

たいていの戦艦の主砲弾は、あっさり弾《はじ》き返してしまいそうだ。

戦艦「大和《やまと》」。

昭和一六年一二月一六日に竣工《しゅんこう》した、日本帝国海軍最大にして最強の戦艦が、瀬戸内海《せとないかい》の柱島泊地《はしらじまはくち》に、鋼鉄製の艦体を浮かべていた。

上甲板には手空《てす》きの全乗員が整列し、新たな指揮官の到着を待っている。


この年――昭和一七年二月一二日、「大和」は連合艦隊の旗艦《きかん》に任じられ、檣頭《しょうとう》には誇《ほこ》らしげに大《たい》将旗《しょうき》を掲《かか》げていた。

だが今、その旗《はた》は下ろされている。

「大和」は僅《わず》か三ヶ月ほどで、連合艦隊の全艦艇を統《す》べる旗艦の任《にん》を解かれたのだ。

山本五十六《やまもといそろく》大将以下の連合艦隊司令部幕僚《ばくりょう》は、新たな旗艦に定めた「陸奥《むつ》」に、将旗を掲げている。

「大和」の竣工前は、姉妹艦の「長門《ながと》」と交替で、連合艦隊旗艦を務めた艦だ。

連合艦隊には「最強の戦艦を旗艦とする」という伝統がある。

日露戦役《にちろせんえき》の折《お》り、当時の連合艦隊司令長官東郷平八郎《とうごうへいはちろう》大将が旗艦に定めた「三笠《みかさ》」も、その時点においては、紛《まぎ》れもない帝国海軍最強の戦艦だった。

山本は敢《あ》えてその伝統を破り、帝国海軍の戦艦では二番手となる長門型戦艦に将旗を移したのだ。

一三時三〇分、「大和」の艦首左舷《さげん》に、一隻の内《ない》

日本海軍 大和型戦艦「大和」

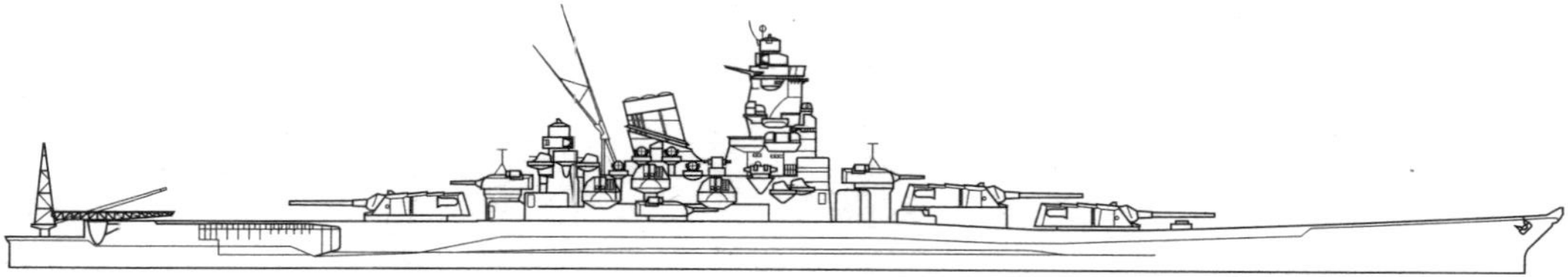

全長	263.0m
最大幅	38.9m
基準排水量	64,000トン
主機	艦本式タービン 4基／4軸
出力	153,000馬力
速力	27.5ノット
兵装	46cm 45口径 3連装砲 3基 9門
	15.5cm 60口径 3連装砲 4基 12門
	12.7cm 40口径 連装高角砲 6基 12門
	25mm 3連装機銃 8基
	13mm 連装機銃 2基
航空兵装	水上機 6機／射出機 2基
乗員数	2,500名
同型艦	武蔵(建造中)

日本海軍の最新鋭戦艦、大和型の１番艦。46センチ砲の砲力は現時点で世界最強である。さらに、それに釣り合うだけの防御力を備えることから、不沈戦艦と称されている。

日本海軍は、昭和12年にワシントン海軍軍縮条約が失効を迎えたあと、仮想敵である米国が建造するであろう新型戦艦に対抗すべく、18インチ砲（46センチ砲）を搭載した大型戦艦の建造を決定。中国大陸での戦闘が長期化するなか、極秘に建造が進められ、日米開戦の８日後である昭和16年12月16日に竣工した。その後、ただちに慣熟訓練に入り、昭和17年２月12日に連合艦隊旗艦となった。

２番艦「武蔵」は三菱重工業長崎造船所で建造中であり、昭和17年８月の竣工を目指して工事が進められている。

火艇《かてい》が接舷《せつげん》した。

艦上に、ラッパの音が高らかに鳴り渡った。

中将の徽章《きしょう》を付けた将官が、舷梯《げんてい》を上がって来た。

「大和」艦長高柳儀八《たかやなぎぎはち》少将、副長梶原季義《かじわらすえよし》中佐、航海長植村正夫《うえむらまさお》中佐といった幹部乗組員が舷門《げんもん》に整列し、直立不動の姿勢で迎えた。

高柳は、「大和」艦長就任時は大佐だったが、五月一日付で少将に昇進している。戦隊の司令官や艦隊の参謀長に異動してもおかしくなかったが、海軍省は「今、艦長を交代させては、艦の作戦行動に支障を来《きた》す」との理由で、高柳を現職に留めていた。

「敬礼!」

の号令《ごうれい》がかけられ、上甲板に整列している乗員が、一斉に敬礼した。

「海ゆかば」が奏《かな》でられる中、将官は幕僚たちを従え、「大和」乗員に答礼を返しながら、ゆっくりと艦橋に向かって歩《ほ》を進める。

高角砲を担当する第五分隊の下士官や兵にも、「大和」に乗り込んで来た人々の姿が見え始めた。

「あの人が、真珠湾《しんじゅわん》をやった指揮官ですか」

三番高角砲の砲台長矢部亮介《やべりょうすけ》一等兵曹に、旋回手の川崎猛夫《かわさきたけお》二等兵曹が囁《ささや》きかけた。

南雲忠一《なぐもちゅういち》中将。

日本海軍が初めて編成した空母《くうぼ》機動部隊、第一航空艦隊の司令長官だ。

昨年一二月八日の真珠湾攻撃を皮切りに、南方作戦の支援、インド洋海戦と次々に勝利を収め、緒戦《しょせん》の勝利に最も大きな貢献《こうけん》をした人物でもある。

その南雲が、部下の司令部幕僚と共に、「大和」に乗艦して来たのだ。

「そんなに凄《すご》い人には見えませんね」

川崎は、意外そうに言った。

太平洋からインド洋までを縦横《じゅうおう》に駆け巡り、米英の艦隊を打ち破って来た指揮官だけに、豪傑肌《ごうけつはだ》の偉丈夫《いじょうぶ》を想像していたのかもしれない。

だが、「大和」の上甲板に上がって来た南雲は、小柄《こがら》で穏《おだ》やかな顔つきの持ち主だ。紺色《こんいろ》の第一種軍装に身を固めていなければ、軍人には見えない。

農村で、孫たちに囲まれている好々爺《こうこうや》を思わせる風貌《ふうぼう》だった。

「顔と能力は別さ」

矢部は、川崎に囁き返した。

海兵団で訓練を受けているとき、かの東郷元帥や、東郷を補佐した加藤友三郎《かとうともさぶろう》参謀長、秋山真之《あきやまさねゆき》作戦参謀といった人々の写真を見せられたことがあるが、理知的で、柔和《にゅうわ》な顔つきの持ち主だった。

この直前まで、「大和」に乗っていた山本長官にしても、豪傑肌の偉丈夫ではない。

大軍を統率《とうそつ》する指揮官とは、あのような人なのかと思う。

――矢部らには直接見えなかったが、このとき「大和」のマストには、中将旗が掲揚されている。八本矢の旭日旗《きょくじつき》の上端を、赤く縁取《ふちど》ったものだ。

旗は瀬戸内海を渡る風に吹かれ、青空を背に、力強くはためいた。

「大和」が南雲の指揮下に入り、第一航空艦隊の旗艦となったことを示す光景だった。

「大和」の乗員が敬礼で見守る中、南雲を始めとする第一航空艦隊の司令部幕僚は、高柳艦長ら幹部乗組員に先導され、艦橋の中へと足を踏み入れて行った。

「私が使うには、勿体《もったい》ない部屋だな。『赤城《あかぎ》』の長官公室とは、広さも内装も段違《だんちが》いだ」

「大和」の長官公室を値踏《ねぶ》みするように見渡しながら、南雲は言った。

「連合艦隊《GF》の全幕僚が会議を開けるだけの広さがあります。一航艦であれば、司令部幕僚と各戦隊の司令官、首席参謀、主だった艦の艦長を集めることも可能です」

「こんな部屋を使うのは、身分不相応《ふそうおう》という気がするよ。車引《くるまひ》き出身の身には」

高柳儀八艦長の言葉を受け、南雲は苦笑した。

元々《もともと》南雲は、水雷の専門家だ。駆逐艦長《くちくかんちょう》、駆逐隊司令、水雷戦隊司令官といった職が軍歴の多くを占め、軽巡や駆逐艦の簡素《かんそ》な艦内に慣れている。

そのような身が「大和」の長官公室に入ったのだ。貧乏長屋の住人が、豪商《ごうしょう》の屋敷《やしき》や大名《だいみょう》の居城に入り込んだような気分かもしれない。

「機動部隊の一員となった以上、本艦の乗員一同、全力を上げて空母の護衛任務を果たす所存です。ただ、伺《うかが》いたいことがあります」

高柳が、堅苦しい口調で言った。

「機動部隊の主力は空母。ならば、司令部は空母に置かれるはずです。現に長官は、真珠湾攻撃に始まる一連の作戦を、一貫《いっかん》して『赤城』で指揮されました。本艦が旗艦に指定された理由について、お聞かせいただきたいのですが」

「複数の理由があるが、特に重視されたのが『大和』が持つ通信能力だ」

南雲の後ろに付き従っている参謀長草鹿龍之介《くさかりゅうのすけ》少将が返答した。

高柳とは江田島《えたじま》の同期生だが、司令長官の前であるため、立場に応じた話し方になっている。

「敵を早期に発見するためには、敵信の傍受《ぼうじゅ》が有効だ。そのためには通信能力の高さが重要だが、空母は艦橋が低く、送受信の能力が劣《おと》る。そこで、通信アンテナの位置が高く、通信設備も充実している本艦が旗艦に選ばれた」

「本艦が敵信を傍受すれば、すぐ空母に伝えられます。敢えて、本艦を旗艦にする必要はないと考えますが」

「無線封止《ふうし》中の場合、傍受した敵信の内容は信号によって伝えなければならないが、それには時間を要するし、見落としが生じる可能性もある。司令部が敵情を正確かつ確実に把握《はあく》するためには、通信能力の最も高い艦を旗艦にするのが最善というのが、先の研究会で得られた結論だ」

「本件については、反対意見が少なくなかった」

研究会でのやり取りについて、南雲は話した。

「大和」の機動部隊配属について、最も強く反対したのは、連合艦隊参謀長の宇垣纏《うがきまとめ》少将だ。

「『大和』は、帝国海軍の切り札《きりふだ》です。米太平洋艦隊との決戦で、ここぞというときに投入し、敵の主力を一掃《いっそう》するために建造されたのです。前線に出すよりも、決戦兵力として温存すべきです」

というのが、その理由だ。

反対意見は、軍令部からも出されている。

砲術を専攻し、軍令の本流を歩んできた海軍の主流派の反発が、特に強かった。

だが山本五十六連合艦隊司令長官は、

「戦艦が海軍の主力だった時代は、昨年一二月一〇日のマレー沖海戦で終わっている。英国が誇った最新鋭戦艦でさえ、航空機には沈められてしまうことが実証されたのだ。戦艦が主力ではなくなった今、新しい任務を考えねばならぬだろう」

と強く主張した。

「『大和』を最前線に出し、万一のことがあったら、どうするのですか?」

との懸念《けねん》に対しては、

「だからこそ、機動部隊に配属するのだ。『大和』は優れた通信能力を活用して敵情を探ると共に、対空火器で空母を守る。空母もまた直衛戦闘機によって『大和』を守る。『大和』と空母の長所を組み合わせるのだ」

と答えた。

「大和」の温存を主張する意見は、なお少なくなかったが、山本は、

「軍艦は、床の間《とこのま》の置物ではない。最前線で、有効に活用してこその軍艦だ。五年もの歳月《さいげつ》を費《つい》やして、『大和』を建造した工廠《こうしょう》の技術者や作業員の努力は、『大和』を使ってこそ報《むく》われるのだ」

と強く主張し、最後まで譲《ゆず》らなかった。

最終的には山本が押し切る形で、「大和」の一航艦配属が決まったが、一航艦の内部でも、「大和」を旗艦とすることについて賛否両論《さんぴりょうろん》があった。

「空母同士の戦いでは、敵艦を直接視認できません。敵情の把握には、搭乗員の目と耳が頼りとなります。そのためには空母を旗艦とし、搭乗員から直接報告を受けることが必要です」

第二航空戦隊司令官の山口多聞《やまぐちたもん》少将、一航艦の航空甲参謀源田実《げんだみのる》中佐らは、強い語調で主張した。

「大和」を旗艦とする案に賛成したのは、第五航空戦隊司令官原忠一《はらちゅういち》少将だ。

この二週間前、珊瑚海《さんごかい》海戦で、世界初の空母機動部隊同士の戦いを経験している。

「私たちは、航空戦は分秒《ふんびょう》の勝負であることを実地に学びました。敵情の迅速《じんそく》な把握は、勝敗に直結します。珊瑚海海戦の戦訓を活かすためにも、通信能力の高い『大和』を機動部隊の新たな旗艦としていただくよう希望します」

最終的には、山本が反対者を説得し、第一航空艦隊の将旗は「大和」に掲げられることとなったのだ。

「正直なところ、戦艦から航空戦の指揮を執《と》ることについては戸惑《とまど》いもある。江田島同期の塚原《つかはら》（塚原二四三《にしぞう》中将。第一一航空艦隊司令長官）や二航戦の山口多聞ならうまくやるかもしれんが、私は航空戦についてはまだ学んでいる最中《さいちゅう》だ。『大和』の艦上から、的確な指示を出せるだろうか、とな」

南雲は、心情《しんじょう》を吐露《とろ》した。

「現場での指揮を執るのは、各航空戦隊の司令官であり、各空母の艦長、飛行長です。各戦隊を統括《とうかつ》する司令長官の役目は、空母でなければ果たせないわけではありません」

「参謀長のおっしゃる通りです。これまでのように『赤城』で指揮を執られた場合、全般的な状況把握に見落としが生じるかもしれません」

草鹿に続いて、首席参謀大石保《おおいしたもつ》大佐が言った。

「大所高所《たいしょこうしょ》に立って判断するのが私の役割だ、ということだな？　城の本丸《ほんまる》にいるのと同じだ、と」

南雲の言葉を受け、草鹿が頷《うなず》いた。

「今回の旗艦変更は私たちや各戦隊の指揮官にとり、長官御自身のお立場や旗艦の役割について考える、いい機会になったと考えます。『大和』を旗艦としたことで、一航艦全体が大きく前進したと考えてはいかがでしょうか？」

「艦長はどう考える？」

南雲は、高柳に聞いた。

一航艦の責任者として、艦長の存念《ぞんねん》を聞いておきたい――そんな意《い》が見て取れた。

「旗艦の艦長の役割は、司令部を守り、支えることです。艦長としましては、勝利のために本艦を存分に活用していただくよう望んでおります」

「感謝する」

南雲は大きく頷いた。期待以上の答が得られた、と感じたようだった。


「もう一つ、御教示いただきたいことがあります」

高柳は、あらたまった口調で言った。

「何だね？」

「山本長官は、『大和』の姉妹艦についても、本艦と同様の役割を考えておられるのでしょうか？」

帝国海軍は、大和型戦艦を最終的に四隻揃えるよう計画しており、現在姉妹艦三隻が建造中だ。

三菱長崎《みつびしながさき》造船所で建造されている二番艦は、既に「武蔵《むさし》」の艦名が定められ、八月の竣工を目指して、最終工程が進められている。

三番艦には一一〇号艦、四番艦には一一一号艦の艦番号が与えられ、前者は横須賀《よこすか》海軍工廠で、後者は呉《くれ》海軍工廠で建造中だ。
三、四番艦の竣工は三年ほど先になるが、「武蔵」は今年中に慣熟《かんじゅく》訓練を終え、戦力化される。
山本長官は、これらの艦をも機動部隊の旗艦として使用する腹づもりなのか、というのが高柳の知りたいことだった。

南雲は、少し考えてから答えた。

「姉妹艦については、長官は何もおっしゃらなかった。これは推測だが、長官は本艦と『武蔵』に、交替で機動部隊の旗艦を務めさせるおつもりかもしれぬ。一方が工廠で整備を受けているときには、もう一方が前線に出る、といったような」

「『武蔵』が前線に出て来るまでは、本艦が踏ん張らねばならない、ということですね？」

「私の推測が当たっていればな」

「三、四番艦が竣工すれば――」

「長官には、その頃まで戦争を続けられるおつもりはあるまい。長官は、対米戦は短期で終わらせねばならないとの信念をお持ちだ。米国の巨大な生産力がものを言う前に決着を付けたい、とな。そのお考えに、変わりはないだろう」

「責任重大ですな」

高柳は表情を引き締めた。

「私も含め、本艦の乗員一同、山本長官の短期決戦構想の一翼《いちよく》を担《にな》えるよう、本分《ほんぶん》を尽くす所存です」

「よろしく頼む」

南雲は大きく頷き、改まった口調で言った。

「艦長は既に聞き及んでいるかもしれぬが、新たな作戦が間もなく始まる。『大和』にとっては初陣《ういじん》だが、我が一航艦にとっても、戦艦から航空戦の指揮を執る、初めての戦いになるだろう」

第一章　災厄の珊瑚海

1

昭和一七年五月七日夕刻、ニューブリテン島ラバウルの第八根拠地隊《こんきょちたい》では、第八通信隊の将兵が総出で、敵信の傍受や味方の暗号通信の解読に当たっていた。

八根にとり、目下《もっか》の最重要事は「MO作戦《エムオー》」——ニューギニア南東岸にある要港《ようこう》ポート・モレスビー、及びソロモン諸島南部のフロリダ諸島にあるツラギの攻略作戦であり、それに伴って生起《せいき》した、日米両軍の空母機動部隊による戦いだ。

空母を中核戦力とする艦隊同士が、互いに敵の姿を見ることなく、航空機を飛ばして戦うという海戦は、過去に例がない。

この日の戦いでは、「MO機動部隊」——第五航空戦隊の空母「翔鶴《しょうかく》」「瑞鶴《ずいかく》」を中核とする日本艦隊が、敵の給油艦《きゅうゆかん》と駆逐艦一隻を撃沈し、「MO攻略部隊」——モレスビーの攻略を担当する部隊が、小型空母「祥鳳《しょうほう》」を敵艦上機の攻撃で失った。

両軍の本隊同士による決戦は、明日以降に持ち越されたのだ。

第八通信隊の全員が、どれほど微弱《びじゃく》な電波であっても受信漏れのないよう、全神経を目と耳に集中させていた。

「敵のものと思われる通信を傍受しました。発信源は艦船と推測します」

一七時一八分（現地時間一八時一八分）、敵信班の班長を務める青山均《あおやまひとし》兵曹長が報告を上げた。

「発信位置は分かるか？」

「ロッセル島よりの方位一四〇度から一五〇度の間。距離は約三五〇浬《カイリ》から四〇〇浬と見積《みつ》もられます」

「昼間に発見された敵艦隊ではないな」

青山の答を聞き、第八通信隊司令田村保郎《たむらやすろう》大佐は珊瑚海の地図を思い描いた。

ロッセル島は、ニューギニアの東方に連なるルイジアード諸島の西部にある島だ。

この島と、ニューギニア東端にあるパプア半島の間にあるジョマード水道が、ソロモン海から珊瑚海への入り口になっている。

昼間に発見された敵機動部隊の位置は、ロッセル島よりの方位一七〇度、八二浬。

時刻は七時二二分（現地時間八時二二分）だ。

青山が報告した発信源との距離は、少なめに見積もっても二七〇浬となる。

発信源が、昼間に発見された敵艦隊なら、約一〇時間で二七〇浬を移動した計算になるが、現実的にはあり得ない。

そもそも米軍の機動部隊が、二七〇浬も後退するとは考えられない。

「傍受した敵信に、特徴はあるか？」

「昼間に受信した敵索敵機の電文と共通する呼出符《ふ》丁《ちょう》が含まれています」

田村の問いに、青山ははっきりした声で答えた。


この日の八時一五分（現地時間九時一五分）、第八通信隊は、MO機動部隊より打電された、

「我、敵機ノ触接《ショクセツ》ヲ受ク」

との報告電を受信した。

これと前後して、敵索敵機のものと思われる電波も受信されている。

青山は、二つの電文に共通する符丁を見出《みいだ》したのだ。

「第二の敵艦隊が出現し、友軍に交信を求めているのではないでしょうか？」

「敵信班長の言う通りなら……」

田村は、MO機動部隊が重大な危機に直面していることを悟《さと》った。

味方索敵機の報告電から、米艦隊は二隻の空母を擁《よう》することが判明している。

MO機動部隊の空母は「翔鶴」「瑞鶴」の二隻。数の上では五分五分だ。

だが、第二の敵艦隊が空母を伴っている場合、M

Ｏ機動部隊は劣勢となる。

「翔鶴」「瑞鶴」は、真珠湾攻撃に参加し、米太平洋艦隊撃滅の一翼を担っただけではない。

搭載機数が多く、帝国海軍では「赤城」「加賀《かが》」と並ぶ有力艦なのだ。

その二隻が失われるようなことになれば、由々《ゆゆ》しき重大事《じゅうだいじ》を招く。

「電信長、八根司令部に報告。『敵信傍受。発信位置、〈ロッセル島〉ヨリノ方位一四〇度乃至《ないし》一五〇度、距離三五〇浬乃至四〇〇浬。第二ノ敵艦隊ニヨルモノト推測ス。一七三〇《ヒトナナサンマル》』」

田村は、電信長村木定雄《むらきさだお》特務少尉に命じた。

できることなら、ＭＯ機動部隊や八根の上位部隊である第四艦隊に直接報告したいが、第八通信隊は八根に所属しており、友軍への通信は、八根司令部を通さねばならない。

「『敵信傍受。発信位置、〈ロッセル島〉ヨリノ方位一四〇度乃至一五〇度、三五〇浬乃至四〇〇浬。第二ノ敵艦隊ニヨルモノト推測ス。一七三〇《ヒトナナサンマル》』。八根司令部に報告します」

村木が復唱《ふくしょう》し、踵《きびす》を返した。

田村は、通信所の外に視線を投げた。

陽《ひ》は既に沈み、ラバウルは夜の闇《やみ》と静寂《せいじゃく》に支配されている。この地に、激戦を感じさせるものはない。

だが、遥《はる》か南の珊瑚海では、友軍に危機が迫っている。

田村は、祈りの言葉を口中《こうちゅう》で呟《つぶや》いた。

「切り抜けてくれ、五航戦」

2

「極上の獲物《えもの》だな」

空母「翔鶴」の艦攻隊隊長市原辰雄《いちはらたつお》大尉は、海面を見下ろしながら呟いた。

二隻の空母を中心とした輪型陣《りんけいじん》が、眼下《がんか》に見える。

うち一隻は、際《きわ》だった大きさを持つ艦だ。

艦橋の後方に屹立《きつりつ》する巨大な煙突が、艦形を特徴付けている。米軍の艦型識別表を繰り返し見、その特徴を頭に叩き込んだ身には、見間違えようがない。

米海軍が誇る世界最大の空母レキシントン級――「レキシントン」か「サラトガ」のいずれかだ。

帝国海軍の「赤城」「加賀」と並び、「世界のビッグ・フォー」と称される巨大な洋上の航空基地が、攻撃隊の翼下にある。

もう一隻のやや小ぶりな空母は、ヨークタウン級と推測された。

攻撃隊総指揮官を務める「翔鶴」飛行隊長兼艦爆隊隊長高橋赫一《たかはしかくいち》少佐からは、「敵発見。突撃隊形作レ」の命令電が送られたばかりだ。

「翔鶴」「瑞鶴」の艦爆隊は、高度を四〇〇〇メートルに取って突撃の機をうかがい、市原の「翔鶴」艦攻隊と佐藤善一《さとうぜんいち》大尉が率いる「瑞鶴」艦攻隊は、一二〇〇メートルの高度に展開している。

(命令はまだか)

市原が上空の艦爆隊を見上げたとき、

「総指揮官機より受信。『全軍突撃セヨ』」

電信員の宗形義秋《むなかたよしあき》二等飛行兵曹が伝えた。

「よし、行くぞ！」

市原は一声叫《さけ》んで、自身に気合いを入れた。

バンクして後続機に合図を送り、操縦桿《そうじゅうかん》を前方に押し込んで機首を下げた。

中島《なかじま》「栄《さかえ》」一一型エンジンが快調な唸《うな》りを上げ、九七式艦上攻撃機の機体を低空へと導く。

「瑞鶴」艦攻隊との間には、既に暗黙の了解が成立している。

「翔鶴」隊がレキシントン級を狙《ねら》い、「瑞鶴」隊は二番艦を狙うのだ。

(昨日のしくじりがなければな)

市原は、忌々《いまいま》しさを覚《おぼ》えている。

翔鶴型空母の艦上機は、零式艦上戦闘機一八機、九九式艦上爆撃機二七機、九七艦攻二七機が定数だ。

二艦合計一四四機であり、これを半数の七二機ずつ、二度に分けて出撃させることが可能だ。

ところが攻撃隊の編成は、「翔鶴」より零戦九機、艦爆一九機、艦攻一〇機、「瑞鶴」より零戦九機、艦爆一四機、艦攻八機、計六九機となっている。

現在、「翔鶴」「瑞鶴」より出撃可能な攻撃隊の全機であり、第二次攻撃の予定はない。

昨日の戦闘で、五航戦が二度、空振りを繰り返したのが原因だ。

第一次攻撃では、給油艦を空母と誤認し、給油艦、駆逐艦各一隻の撃沈に留まった。

午後になり、ようやく敵機動部隊の位置を突き止めたものの、このときは時刻が遅く、帰還が日没後となることは確実だった。

五航戦は、第二次攻撃隊をベテランのみで編成して出撃させたが、悪天候や夜の闇に阻《はば》まれて、敵艦隊を発見できずに終わった。

のみならず、一部の機が、敵空母を味方艦と間違えて着艦しそうになるという椿事《ちんじ》まで発生した。

一連の出撃によって、未帰還機や損傷機が多数発生し、稼働《かどう》機数が大幅に減少したため、五航戦はこの日の攻撃で、六九機しか用意できなかったのだ。

数の不足は是非《ぜひ》もない。指揮官としては、自機を含めた一〇機の艦攻で、世界最大の空母を沈めねばならない。

「高度〇七《マルナナ》（七〇〇メートル）……〇六《マルロク》」

偵察員の磯野貞治《いそのさだはる》飛行兵曹長が、高度計の数字を読み上げる。数字が小さくなるにつれ、眼下の海面がせり上がる。

波のうねりや風に砕かれる波頭《なみがしら》の白い飛沫《しぶき》が、はっきりと見分けられるほどだ。

市原機の高度が一〇〇メートルを切った。

海面は、手が届きそうなほど近くに見える。

「後続機、どうか？」

「四機が左正横《せいおう》に展開。五機が後方で単横陣《たんおうじん》を組んでいます」

「よし！」

磯野とやり取りを交わし、市原は正面を見据《みす》えた。

目指すレキシントン級は針路一七〇度、すなわち南に向かって航進中だ。

「翔鶴」隊は目標の東側、すなわち左舷側から仕掛ける形になる。

「艦爆隊、敵機と交戦中！」

磯野が緊張した声で叫んだ。

市原は、ちらと上空を見やった。

羽虫《はむし》のように小さな影が飛び交い、白い飛行機雲が複雑に絡み合っている。

艦爆隊は、降爆用の斜め単横陣を崩され、編隊形が乱れているようだ。

時折《ときおり》、上空に赤い閃光《せんこう》が走り、海面に向かって煙が伸びる。

艦爆隊も、艦爆隊に付き従っている艦戦隊も、苦戦を強《し》いられているように見えた。

「まずいな」

市原は舌打ちした。

攻撃隊は、ただでさえ数が少ない。「翔鶴」の艦爆隊は一個中隊を戦列から失い、戦力は三分の二になっている。

その艦爆隊が、更に敵戦闘機に食われたのでは、急降下爆撃の成功は覚束《おぼつか》なくなる。

気が気ではないが、艦攻隊にはどうすることもできない。

艦爆隊が敵機の攻撃をかいくぐり、一機でも多く敵艦に取り付くよう祈るだけだ。

「敵艦発砲！」

磯野が、新たな報告を上げた。

市原は一瞬、身体をこわばらせたが、敵弾は艦攻隊には来なかった。

敵艦隊の上空で、さかんに爆発光が閃《ひらめ》き、黒い爆煙が湧き出している。

艦爆隊が、突撃を開始したようだ。

「翔鶴」の高橋隊長は、機動部隊の艦爆隊の中で最先任の士官であり、急降下爆撃の腕は、「蒼龍《そうりゅう》」艦爆隊隊長の江草隆繁《えぐさたかしげ》少佐と一、二を争う。

高橋隊長が鍛《きた》えた「翔鶴」艦爆隊なら、命中弾を得られるはずだ。

「隊長、グラマン右前方！」

今度は、宗形が叫んだ。

市原が両目を大きく見開いたとき、青白い火箭《かせん》が目の前をよぎり、海面に線状の飛沫を上げた。

虻《あぶ》を思わせる丸っこい胴体を持つ機体が、続けざまに市原機の頭上を通過する。

グラマンF４F〝ワイルドキャット〟。米海軍の主力艦上戦闘機だ。

性能面では零戦に劣るというが、艦爆、艦攻にとっては強敵だ。

緊密な編隊形を組んでいれば、弾幕射撃での対抗も可能だが、「翔鶴」隊は雷撃に備えて、二列の複《ふく》横陣《おうじん》を組んでいる。

F４Fには、個別に応戦する以外にない。

「二小隊長機被弾！」

磯野が、悲痛な声を上げる。

左に視線を向けると、第二小隊長矢野矩穂《やののりお》中尉の機体が、炎と黒煙を引いている様が映る。

操縦員は既に戦死しているのか、機首を引き起こす様子はない。

機体は数秒間飛び続けた後、海面に落下し、飛沫を上げる。

艦攻隊の近くに布陣《ふじん》していた零戦三機が、次々と左に旋回し、F４Fに向かってゆく。

艦攻隊の左方で反転し、再攻撃をかけようとしていたF４Fに火箭が撃ち込まれる。

二〇ミリ弾をまともに喰らったF４Fが、コクピットを打ち砕かれ、海面に落下する。

続いて二機目のF４Fが、左主翼を付け根付近からもぎ取られ、錐揉《きりも》み状に回転しながら墜落する。

零戦がF４Fを引きつけている間に、残り九機となった「翔鶴」艦攻隊は、レキシントン級目がけて突き進む。

「新たなグラマン二機、右正横！」

磯野が緊張した声で叫ぶ。

ほとんど同時に機銃の連射音が響き、市原機の右方に、細い火箭が噴き延びる。

宗形が七・七ミリ旋回機銃を放ったのだ。

予想に反し、Ｆ４Ｆは市原が直率《じきそつ》する第一中隊には来なかった。

「二中隊長機被弾！　二中隊二番機被弾！」

宗形が、悲痛な声で報告する。

Ｆ４Ｆは、横一線に連なって飛ぶ第二中隊の真横から一二・七ミリ弾を突き込み、瞬《また》く間に二機を墜《お》としたのだ。

被撃墜機はこれで三機。「翔鶴」艦攻隊は、残存七機だ。

市原は唸り声を発しながらも、突撃を続けた。

部下を失ったことに対する怒りや悲しみはあるが、今は任務が最優先だ。

なんとしてもレキシントン級の土手《ど》っ腹《ぱら》に九一式航空魚雷を叩き込み、部下の仇《かたき》を取ってやる。

「グラマン、左正横！」

今度は磯野が叫んだ。

第一中隊の左方に火焔が躍《おど》り、艦攻一機が炎を引きずりながら海面に突っ込む。

続けてもう一機が、被弾の衝撃によろめく。コクピットを撃たれたのか、炎も黒煙も噴き出すことなく、ガラス片をきらきらと撒《ま》き散らしながら、海面に落下して飛沫を上げる。

Ｆ４Ｆの背後から、零戦一機が喰らいつく。

後方から二〇ミリ弾を叩き込まれたＦ４Ｆが黒煙を噴き出し、左に大きく旋回しながら、海面に激突する。

残った一機のＦ４Ｆは左の急旋回をかけ、避退《ひたい》に移る。

敵弾の炸裂《さくれつ》が始まった。

レキシントン級だけではない。その左方を守る巡洋艦《じゅんようかん》、駆逐艦が、舷側《げんそく》を真っ赤に染め、艦攻隊に射弾を浴びせて来る。

（真珠湾とは違う）

半年前のことが、市原の脳裏に浮かんだ。

開戦劈頭《へきとう》の真珠湾攻撃では、「翔鶴」「瑞鶴」の艦攻隊は第二次攻撃における水平爆撃を担当し、専《もっぱ》ら敵飛行場を叩いた。

このとき、米軍は既に反撃に転じており、攻撃隊は激しい対空砲火の中での投弾を強いられた。

目の前の敵艦から放たれる対空砲火の凄《すさ》まじさは、あのときを上回るように思う。

市原は操縦桿を前方に押し込み、これまで以上に高度を下げた。

対空砲火をかいくぐり、敵空母に目一杯肉薄《めいっぱいにくはく》して、胴体下の魚雷を叩き込むのだ。

間近《まぢか》に見えていた海面が、更に近くなる。高速で回転するプロペラや胴体下の九一式航空魚雷に、波飛沫がかかるのではないかと錯覚《さっかく》するほどだ。

（雑巾《ぞうきん》掛けだな、まさに）

雷撃前の超低空飛行を指す艦攻乗りの隠語《いんご》を、市原は思い出している。

自分たちが綺麗《きれい》にしようとしているのは、江田島にある柔剣道の道場でも、軍艦の甲板や通路でもなく、海面そのものだ。

雷撃に成功すれば、敵艦が一隻姿を消し、海面がそれだけ綺麗になる。しくじれば、搭乗員三名の死に直結するが——。

市原機の周囲では、敵弾が炸裂している。前方に、左右に、閃光が走り、黒い花を思わせる黒煙が湧き出す。

爆風に煽《あお》られた機体が海面に接触しそうになるが、市原は懸命に操縦桿を操り、姿勢を立て直す。

「後続機、どうか？」

「残存四機、本機に続行中！」

「了解！」

市原は、ごく短く返答した。

海面に張り付くような超低空飛行は、なおも続く。

敵弾は繰り返し炸裂し、黒い爆煙が前方を遮《さえぎ》る。

「翔鶴」隊の五機は、爆煙をプロペラに巻き込んで吹き飛ばし、前方の敵空母目がけ、遮二無二《しゃにむに》低空を突き進む。

機銃弾の火箭が対空砲火に加わる。

巡洋艦、駆逐艦の舷側に、発射炎が絶え間なく明滅し、青白い無数の曳痕《えいこん》が正面から殺到する。

操縦桿を右か左に倒し、逃げ出したい衝動に駆られるが、そのようなことをすれば、かえって敵弾に当たるだけだ。

左前方に見える巡洋艦らしき艦が、市原機の前方を塞《ふさ》ぐように迫って来る。

市原機は巡洋艦の艦首をかすめ、反対側に飛び出す。

目指すレキシントン級は、左前方だ。取舵《とりかじ》を切り、周囲の海面を大きくうねらせながら、急速転回を行っている。

（虎穴《こけつ》に入らずんば虎児《こじ》を得ずというが……）

中国の有名な故事《こじ》が、市原の脳裏に浮かんだ。

「虎《とら》」は、敵機や対空砲火を指すのか、あるいは真下の海面なのか。

いずれにしても、艦攻搭乗員に死をもたらす、恐るべき存在だ。

その「虎」をやり過ごせば、レキシントン級空母という「虎児」を得られる。

レキシントン級が近づいて来る。

舷側を真っ赤に染め、火箭を飛ばしながら、左へ左へと回っている。

艦上から噴出する黒煙が、艦の後方になびく様が見える。艦爆隊が二五番（二五〇キロ爆弾）を見舞《みま》ったに違いない。

航空魚雷で艦底部を抉《えぐ》ってやれば、レキシントン級は上と下から叩きのめされ、海面下に姿を消すはずだが――。

「まずいな、こいつは」

市原は舌打ちした。

レキシントン級は、「翔鶴」隊に艦尾を向けつつある。

雷撃の射点《しゃてん》としては最悪だ。対向面積が最小となることに加え、目標を追いかける形になる。命中の見込みは極めて乏《とぼ》しい。

かといって、新たな射点を探す余裕はない。一《いち》か八《ばち》か、艦尾からの雷撃を試みるしかない。

後方から食い下がる格好《かっこう》で、市原はレキシントン級に接近する。

白く長い航跡が眼下を流れ、敵艦の火災煙が視界を遮る。

「もうちょい……もうちょい……」

自身に言い聞かせながら、レキシントン級との距離を詰める。

敵空母の艦尾が、照準器《しょうじゅんき》の白い環《わ》の中で膨れ上がり、外にはみ出す。

「てっ！」

市原は、磯野に命じた。

九七艦攻の機体が、八〇〇キロの重量物を切り離した反動で、何かにつまみ上げられるように上昇した。

市原は操縦桿を前方に押し込み、高度を下げる。敵の射程外に脱するまで、上昇はできない。海面に張り付く超低空飛行は、なおも続く。

「全機、魚雷発射完了！」

宗形が、弾んだ声で報告した。

「翔鶴」艦攻隊一〇機は半数を失ったものの、五本の魚雷をレキシントン級の艦尾に向けて放ったのだ。

当たりさえすれば、舵《かじ》や推進軸《すいしんじく》といった艦の運動を司《つかさど》る重要部位の破壊が期待できる。

（一本でいい。当たれ。当たってくれ）

市原はその願いを込めながら、九七艦攻を操ったが、宗形からも、磯野からも、「命中！」「水柱確認！」といった報告はない。

二人の部下は、沈黙を守っている。

輪型陣の外に抜け、敵の射程外に脱しても、報告は来ない。

「駄目《だめ》か……！」

市原は失敗を悟った。

自分たちは五機を失ったにも関わらず、ただ一本の命中も得られなかった。

出撃機数一〇機という機数の少なさが原因か、あるいは艦尾からの雷撃となったことが祟《たた》ったのか。

「艦爆隊はどうだ？『瑞鶴』隊は？」

高度一二〇〇メートルまで上昇したところで、市原は海面を見下ろした。

二五番だけでは、レキシントン級を撃沈に追い込むのは難しいが、当たりどころによっては誘爆、大火災を引き起こす可能性がある。

「翔鶴」隊が失敗しても、僚艦《りょうかん》「瑞鶴」の攻撃隊が、敵空母の二番艦を仕留《しと》めた可能性も考えられる。

せめて、「瑞鶴」隊だけでも満足な戦果を上げてくれ、と願った。

だが――。

「畜生《ちくしょう》……！」

市原は海面を見下ろし、罵声《ばせい》を放った。

敵空母の二番艦には、傷ついた様子がない。

火災煙もなければ、航跡が重油によってどす黒く染まることもない。

「瑞鶴」隊は敵空母の二番艦に、一発の命中弾も得られなかったのだ。

敵空母の一番艦――レキシントン級も、撃沈にはほど遠い。

飛行甲板上の複数箇所から黒煙を噴き上げているものの、火災が拡大する様子も、速力の低下もない。

敵に与えた損害は、飛行甲板の中破といったところだ。

五航戦が、稼働機のほとんどを集めて実施した攻撃は、犠牲《ぎせい》ばかり大きく、戦果は僅少《きんしょう》という惨《みじ》めな結果に終わったのだ。

「帰還する。各機に信号を送れ」

市原は、磯野に命じた。

攻撃が失敗に終わったとはいえ、麾下《きか》四機の九七艦攻と一四名の搭乗員を無事に連れ帰り、母艦に足を下ろさせねばならない。

——だがこのとき、母艦がどうなっているのか、市原も、生き残っている一四名の部下も、まだ知らなかった。

3

第五航空戦隊司令官原忠一少将は、旗艦「瑞鶴」の艦橋で、僚艦「翔鶴」の姿を見つめていた。

約三時間前に攻撃隊を放ったときの颯爽《さっそう》たる姿はない。

飛行甲板上からは黒煙が噴出し、艦の後方へとなびいている。

MO機動部隊はこの日、二度に亘《わた》る空襲を受け、「翔鶴」に攻撃が集中したのだ。

八時五七分（現地時間九時五七分）より始まった第一次空襲では、二発が飛行甲板に命中した。

第二次空襲が始まったのは九時四〇分（現地時間一〇時四〇分）。第一次空襲の約四〇分後だ。

このとき、「翔鶴」艦上で発生した火災は鎮火《ちんか》に向かっていたが、乗員の努力を嘲笑《あざわら》うかのように、新たな攻撃が始まったのだ。

「瑞鶴」はスコールに隠れたため、難《なん》を逃れたが、敵の攻撃は再び「翔鶴」に集中した。

艦長城島高次《じょうじまたかつぐ》大佐は、見事な操艦で敵弾に次々と空《くう》を切らせたが、全てをかわし切ることはできず、一発が飛行甲板を直撃した。

「翔鶴」の艦上では新たな火災が発生し、乗員は再び消火作業に追われることとなったのだ。

「翔鶴」からは、「鎮火ノ見込ミ。航行ニ支障ナシ」との報告が届いているが——。

「昨日からやられっ放しだな、我が軍は」

この上なく苦い思いを込めて、原は言った。

「昨日は『祥鳳』を失い、今日は『翔鶴』が被弾した。我が方の戦果は、油船《あぶらぶね》と駆逐艦を沈めただけだ。空母と引き換えにできる代物ではない」

「本艦の通信室は、攻撃隊指揮官の報告電を既に受信しています。敵艦隊に痛打《つうだ》を与えることは、大いに期待できると考えますが」

首席参謀山岡《やまおか》三子夫《みねお》中佐が言った。

「瑞鶴」の通信室は、九時五分に「敵発見。突撃隊形作レ」の命令電を、九時一〇分には「全軍突撃セヨ」の命令電を、それぞれ受信している。

いずれも攻撃隊総指揮官高橋赫一少佐から打電されたものだ。

五航戦の搭乗員には、第一、第二両航空戦隊の搭乗員に比べて経験の浅い者が多かったが、彼らも真珠湾攻撃、南方攻略作戦の支援、インド洋海戦と実戦経験を積み、実力を上げている。

その彼らであれば、必ず敵空母を撃沈し、形勢を逆転してくれます、と山岡は言いたげだったが――。

「戦果報告は、まだ届いておらぬ」

原は、時計を見上げた。

現在の時刻は九時五五分。

高橋少佐が突撃命令を打電してから、四五分が経過している。

攻撃隊からの報告電が届いていい頃だが、通信室に詰めている通信参謀大谷《おおたに》藤之助《とうのすけ》少佐も、「瑞鶴」通信長山野井《やまのい》実夫《さねお》少佐も、何も伝えて来ない。

「こちらから『戦果報《シラ》セ』と打電しては？」

「無線封止中だ」

航空参謀三重野《みえの》武《たけし》少佐の言葉に、山岡はかぶりを振った。

「我が方は、既に二度の空襲を受けています。敵に所在を知られている以上、無線封止の意味はなくなったと考えますが」

「もう少し、待ってみよう」

原は言った。

攻撃は失敗したのではないか。敵の大規模な迎撃を受け、全滅に近い打撃を受けたのではないか――

そんな不吉な予感を覚えたが、口には出さなかった。

一〇時一四分（現地時間一一時一四分）、大谷通信参謀が電文の綴《つづ》りを携《たずさ》え、艦橋に上がって来た。

「攻撃隊の報告電を受信しました。『我、敵空母ヲ攻撃ス。空母一ニ爆弾三発命中ヲ確認ス。〇九五五《マルキュウゴーゴ》』。発信者は、『瑞鶴』艦爆隊の江間《えま》大尉となっております」

「索敵機は、敵空母の数を二隻と報告していたが、一隻しか仕留められなかったということか？」

「報告電は、たった今読み上げたものだけです」

原の問いに、大谷は答えた。

「空母のような大型艦は、二五番三発の命中程度では沈みません。甲板を破壊し、発着艦不能に陥《おとしい》れることはできたと考えられますが」

三重野が苦々しげな口調で言った。

「このままでは終われぬな」

宣言するような口調で、原は言った。


日本側の損害は「祥鳳」の沈没と「翔鶴」の被弾損傷、戦果は敵空母一の撃破のみだ。

昨日沈めた給油艦と駆逐艦を戦果に加えても、日本側の方が分が悪い。

無傷の敵空母を仕留めるか、撃破した敵空母に止《とど》めを刺さねば、日本軍の敗北となる。

「使用可能な空母は『瑞鶴』のみです。また、攻撃に使用可能な機体は、先の攻撃に全機を投入しています。戦闘の続行は、困難と考えますが」

山岡の意見に、原は応《こた》えた。

「攻撃隊帰還機は、全て『瑞鶴』に収容する。使用可能な機体に燃料、弾薬を補給すれば、あと一回は攻撃隊を放てる」

「再出撃の可能な機体が、何機残っていますか」

「敵機動部隊を撃滅しなければ、ポート・モレスビーは攻略できぬ。一機でも、二機でも、第二次攻撃隊を放たねばならぬのだ」

「敵空母は、二隻だけではないかもしれません」

大谷が、割り込むように言った。顔がこわばり、張り詰めた口調だ。

「どういうことだ？」

「八根より、新たな敵艦隊の存在を示唆《しさ》する報告電が入っております」

山岡の問いを受け、大谷は電文を読み上げた。

「『敵信傍受。発信位置、〈ロッセル島〉ヨリノ方位一四〇度乃至一五〇度、三五〇浬。第二ノ敵艦隊ニヨルモノト推測ス。一七三〇《ヒトナナサンマル》』。発信は昨日です」

「昨日の一七三〇《ヒトナナサンマル》だと？」

原は目を剝《む》いた。

八根が電文を打ってから、一七時間近くが経過している。

「何故《なぜ》、その報告電が今頃になって届いた？」

「今の時点では原因は不明ですが、報告の伝達に際し、何か手違いがあったと推測されます」

詰問《きつもん》口調で言った原に、大谷は困惑顔で答えた。

通信参謀も、報告電の到着が遅れた理由が分からないようだ。

「第二の敵艦隊は、昨日一七三〇の時点でロッセル島から三五〇浬隔《へだ》たった位置にいました。敵がまっすぐロッセル島を目指したとして、現在位置はロッセル島から一〇〇浬以内と推測されます」

三重野の意見を受け、山岡が言った。

「仮に、第二の敵艦隊が出現しても、空母を擁するとは限るまい」

「敵情が不明である以上、最悪の事態を想定すべきと考えます」

「万一、第二の敵艦隊、いや敵機動部隊が出現したのだとすると……」

原は、背筋に冷たいものが流れるのを感じた。

ＭＯ機動部隊の残存空母は「瑞鶴」のみであり、損害機も多い。攻撃隊帰還機の数は、空母一隻分にも満たないと予想される。

一方米艦隊は、無傷の空母が一隻残っている。

そこに、一隻乃至二隻の空母が新たに加わるようなことになれば、勝算は絶無《ぜつむ》となる。

「いかがされますか、司令官？」

「敵情を調べよう。通信参謀が報告した敵信の発信源に、索敵機を向かわせる」

山岡の問いに、原は少し考えてから答えた。

姿の見えない敵に怯《おび》えて、逃げ出すわけにはいかない。

「敵情がはっきりした時点で、今後の行動を決める。第二の敵艦隊が空母を伴っている場合には、第二次攻撃は断念し、後退する。空母がいなければ、先に言った通り、攻撃隊帰還機に補給を実施した上で、第二次攻撃を実施する」

「敵情を探っている間に、我が軍が新たな敵艦隊から攻撃を受ける危険があります。速やかに撤収すべきではないでしょうか？」

思い切った口調で、山岡が言った。

臆病者《おくびょうもの》のそしりを受けてもいい。今は艦の保全《ほぜん》を第一に考えるべきだ――そう言いたげだった。

「撤収するにしても、攻撃隊を収容してからにしていただきたい」

野太《のぶと》い声で、口を挟《はさ》んだ者がいる。

「瑞鶴」艦長横川市平《よこかわいちへい》大佐が、怒ったような表情で幕僚たちを見つめていた。

「空母の命は艦上機と搭乗員、特に搭乗員です。彼らを置き去りにし、海に叩き込むようなことは、断じて容認できません」

「懸念は無用だ」

原は、きっぱりと応えた。

「第二次攻撃を実施するにせよ、しないにせよ、攻撃隊を見殺しにはせぬ。最後の一機を収容するまで、MO機動部隊は現海域から後退することはない」

山岡が何かを言いかけたが、すぐに口を閉ざした。

司令官が決定した以上、幕僚は従うのみ、と考えているようだった。

――攻撃隊の帰還機は、一二時（現地時間一三時）を過ぎたあたりから、機動部隊の上空に姿を現し始めた。

「風に立て！」

を横川が下令《かれい》し、「瑞鶴」が風上に向かって突進する。

「翔鶴」には着艦不能と分かっているのか、全機が「瑞鶴」の艦尾に接近し、次々と飛行甲板に滑り込んで来る。

機種を問わず、被弾の跡が目立つ機体が多い。戦闘の激しさをうかがわせる姿だ。

（第二次攻撃は難しそうだな）

着艦機を見て、原は悲観的な見通しを抱いた。

無傷の機体は、ほとんどない。

操縦系統をやられたのか、よろめきながら辛《かろ》うじて着艦する機体や、偵察員、電信員が機上戦死した艦爆、艦攻もある。

燃料を使い果たしたのか、母艦を目前にしながら海面に不時着水し、搭乗員だけが脱出する機体も散見《さんけん》される。

第二次攻撃に使用できる機体は、甘く見積もっても、第一次攻撃隊参加機の半数程度ではないか。

何としても第二次攻撃を、と強気の作戦展開を考えていた原も、収容作業が進むにつれ、弱気になりつつあった。

「いかがいたしますか、司令官？」

「とりあえず、再出撃の可能な機体を調べてくれ」

山岡の問いに、原は命令で返した。

飛行甲板で、収容作業の指揮を執っている飛行長下田久夫《しもだひさお》中佐に指示が伝えられるが、答はすぐには返って来ない。

攻撃隊は少数機ずつ、五月雨《さみだれ》式に帰還して来るため、収容作業が終わらないのだ。

帰還機の収容と並行して、修理不能と判断された機体は、海中に投棄される。

「瑞鶴」の周囲では、第二七駆逐隊の四隻が走り回り、不時着水した搭乗員の救助作業に当たっている。

真珠湾攻撃やインド洋海戦では見られなかった、

戦場の修羅場《しゅらば》だ。

彼我《ひが》の戦力に差がない場合には、ここまで厳しい戦いを強いられるのか――原は、そう思わずにはいられなかった。

一三時二一分、最後の一機が「瑞鶴」艦上に降りて来た。

エンジン・スロットルを絞り込んだ零戦が、着陸脚を飛行甲板に下ろしかけたとき、誰もが予想しなかったことが起きた。

零戦が再びエンジン・スロットルを開き、空中へと舞い上がったのだ。

「どうしたんだ、あの零戦は?」

「右前方、敵機!」

原が首を傾《かし》げたとき、艦橋見張員の報告が飛び込んだ。

「敵機だと!?」

山岡が聞き返したときには、横川「瑞鶴」艦長が続けざまに二つの命令を発している。

「対空戦闘!」

「航海、面舵《おもかじ》一杯!」

「おもぉかぁーじ、いっぱぁーい!」

航海長露口操《つゆぐちみさお》中佐が操舵《そうだ》室に下令する。

上空では、戦闘空中哨戒《しょうかい》に就いていた直衛の零戦が次々と機体を翻《ひるがえ》し、「瑞鶴」の右前方上空へと向かう。

一旦《いったん》「瑞鶴」に着艦しかけた零戦が、直衛機を追いかけるようにして敵機に向かってゆく。

原は、艦の右前方に双眼鏡《そうがんきょう》を向けた。

二〇機前後と思われる梯団《ていだん》二隊が、緊密な編隊形を組み、「瑞鶴」に接近しつつある。

(航空参謀の推測通りだった。最悪の事態が現実になった)

原は、艦橋でのやり取りを思い出している。

出現した敵機は、第二の敵艦隊から来襲したものだと考えて間違いない。

敵機は攻撃隊の収容を見計《みはか》らったかのように、M

○機動部隊の上空に出現したのだ。
右前方上空で、空中戦が始まった。

敵編隊の中で、続けざまに火焔が湧き出し、数条の黒煙が海面に向かって伸びた。

敵の編隊形が大きく乱れ、崩れる。

零戦は敏速に飛び回って、敵編隊をかき回し、一機、二機と墜としているようだ。

それでも、全機の阻止にはほど遠い。敵機は編隊を崩されながらも、「瑞鶴」に向かって来る。

前方の複数箇所に、発射炎が閃いた。

空母の前方に布陣していた第五戦隊の重巡洋艦「妙高《みょうこう》」「羽黒《はぐろ》」と第七駆逐隊の「曙《あけぼの》」「潮《うしお》」が、対空射撃を開始したのだ。

上空で続けざまに爆発光が閃き、黒煙が敵機の行く手を遮るように漂う。

敵一機が火を噴き、落伍《らくご》するが、残りは重巡、駆逐艦の上空を迂回《うかい》し、「瑞鶴」に向かって来る。

「瑞鶴」の艦首が、大きく右に振られた。

この直前まで直進していた空母の巨体が、大きな円弧《えんこ》を描き、右に回頭し始めた。

敵機の真下に艦首を突っ込む形だ。

自ら敵の刃《やいば》の下に頭を差し出すように見えるが、これは急降下爆撃を回避するための定石《じょうせき》だ。

敵機との距離を詰めれば、敵は降下角を深めに取らざるを得なくなり、機体が不安定になる。

飛行甲板の縁《ふち》に発射炎が閃き、砲声が艦橋を包む。

左右両舷に四基ずつを装備する一二・七センチ連装高角砲が、砲撃を開始したのだ。

敵機の正面に、左右に、爆発光が閃き、黒い煙が漂い流れる。

回頭しながらの砲撃では命中は望めぬか、と原は思ったが、

「敵一機……いや、二機撃墜！」

の報告が、射撃指揮所より上げられた。

「敵機急降下。右一〇度、三〇《サンマル》（三〇〇〇メートル）！」

戦果を喜ぶ間もなく、艦橋見張員が切迫《せっぱく》した声で報告を上げる。

ダイブ・ブレーキの甲高《かんだか》い音が聞こえ始める。

一機だけではない。多数の敵機が猛禽《もうきん》の群れのように、「瑞鶴」に殺到して来る。

真っ赤な火箭が翔上《かけあ》がり、連射音が艦橋に届いた。近接防御用の二五ミリ三連装機銃による対空射撃だ。

高角砲の砲声、機銃の連射音に押し被《かぶ》さるようにして、ダイブ・ブレーキ音が拡大した。

敵機が一機、二機と「瑞鶴」の艦橋をかすめるようにして、左後方へと離脱した。

二機目が離脱した直後、「瑞鶴」の左舷側海面に、弾着の水柱が奔騰《ほんとう》した。

弾着位置は遠く、水中爆発の爆圧もない。

敵弾の落下は連続する。

「瑞鶴」の正面に、あるいは左右に、敵弾落下の水柱が噴き上がり、海面を激しく沸き返らせる。

右舷側に着弾したときには、「瑞鶴」の艦首が水柱に突っ込み、崩れる海水が飛行甲板を叩く。

時折、至近距離に落下する敵弾があり、爆圧が艦橋にまで伝わる。

幸い、直撃弾はない。

横川艦長の操艦が、敵弾に空を切らせている。

合計一二機の敵機が、「瑞鶴」の頭上を通過した。

一二発の爆弾が海中に投じられ、大量の海水を噴き上げただけに終わった。

「敵第二波、急降下！」

艦橋見張員が、新たな報告を上げた。

「舵そのまま！」

「舵このまま。宜候《ようそろ》！」

横川の命令に、露口が復唱を返した。

「瑞鶴」は、なおも右へ右へと回り続ける。

一二・七センチ高角砲の砲声、二五ミリ機銃の連射音が響き、上空に火箭が翔上がる。

敵の第二波は、複数の方向から突入して来た。

最初の一機は左前方から右後方へと抜け、二機目は正面上方から艦尾へと抜けた。

（ばらばらに来るか）

原は、そのように直感した。

直衛機は敵機の編隊に突入し、切り崩した。

このため、敵機は突撃隊形を組むことができず、単機での突入になっているのだ。

時間差を置いての、異方向からの突入に対しては、横川の操艦も効果が乏しくなる。

大丈夫だろうか――不安を覚えつつ、原は艦の動きに身を任せた。

敵機は右、左、正面と、思い思いの方向から降下し、投弾する。

繰り返し噴き上がる水柱の中を、基準排水量二万五六七五トンの巨体が、対空火器を撃ちまくりながら回頭する。

「瑞鶴」は、敵第二波の投弾のうち、一〇発までをかわした。

至近弾はあっても、直撃は許さなかった。

だが、一一発目が飛行甲板の中央付近に吸い込まれたとき、原は先の懸念が現実になったことを悟った。

閃光が走り、火柱と共に、無数の破片が噴き上がった。

「瑞鶴」の巨体は衝撃に打ち震《ふる》え、金属的な叫喚《きょうかん》が響いた。

「艦長より副長。中央甲板に被弾。消火急げ！」

横川が、応急指揮官を務める副長鈴木《すずき》光信《みつのぶ》中佐に下令した。

復唱が返されるより早く、新たな敵機のダイブ・ブレーキ音が、「瑞鶴」の頭上から接近した。

原が息を呑んだ直後、最初の被弾に勝るとも劣らない衝撃が、続けざまに三度、「瑞鶴」の巨体を揺るがした。

4

攻撃隊は、現地時間の一五時過ぎに帰還して来た。

アメリカ合衆国海軍の主力艦上戦闘機グラマンF4F〝ワイルドキャット〟と急降下爆撃機ダグラスSBD〝ドーントレス〟が、エンジン・スロットルを絞り、次々と母艦の飛行甲板に滑り込む。

第一六任務部隊《TF16》旗艦「エンタープライズ」の乗員は、右手の親指を立て、あるいは口笛を吹き鳴らして、攻撃隊の帰還を迎える。

F4Fの中には、操縦員が右腕を負傷し、左腕だけで懸命に操縦を続けている機体がある。

着艦するなり、

「偵察員が負傷した。出血が酷《ひど》い。早く治療を！」

と叫ぶドーントレスの操縦員もいる。

待機していた救護班が、負傷者を機体から下ろし、担架《たんか》に乗せて医務室に運ぶ。

「エンタープライズ」飛行隊《エア・グループ》隊長クラレンス・マクラスキー少佐は、既に無線で捷報《しょうほう》を送っていたが、被弾損傷した機体や負傷者の姿を見た「エンタープライズ」の乗員は、日本海軍が容易ならぬ敵であることを、改めて思い知らされていた。

「戦果は、敵空母一隻撃破であります。飛行甲板に、一〇〇〇ポンド爆弾四発の命中を確認しました」

「エンタープライズ」の艦橋に上がったマクラスキーは、TF16司令官ウィリアム・ハルゼー少将と、「エンタープライズ」艦長ジョージ・ミュレー大佐に報告した。

「叩いたのは無傷の空母か？」

「敵艦隊には二隻の空母がありましたが、一隻は飛行甲板に破孔《はこう》が確認されたため、無傷の一隻に攻撃を集中しました」

ハルゼーの問いに、マクラスキーは答えた。既に質問を予期し、回答を準備していた様子だった。

「第一七任務部隊《TF17》の情報とも一致します。敵の空母

アメリカ海軍 ヨークタウン級航空母艦「エンタープライズ」

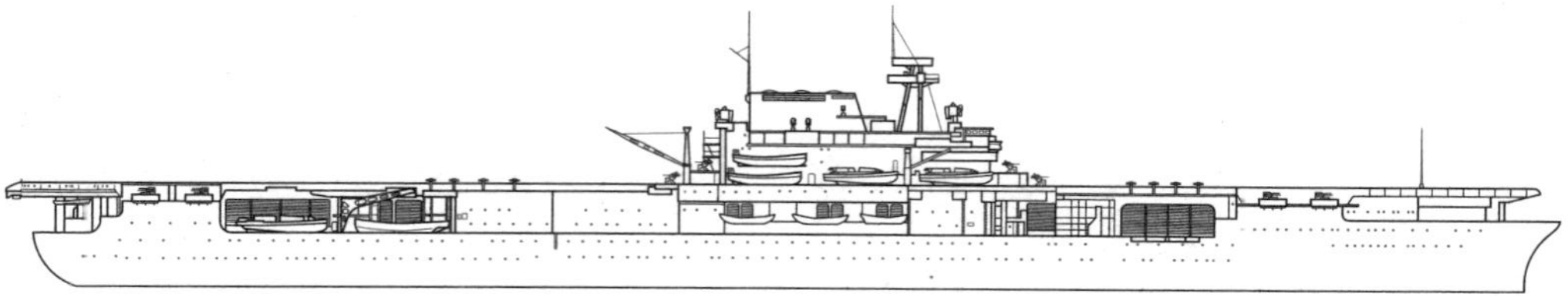

全長	251.4m
最大幅	33.4m
基準排水量	19,800トン
主機	蒸気タービン 4基／4軸
出力	120,000馬力
速力	33.7ノット
兵装	12.7cm 38口径 単装砲 8門 28mm 4連装機銃 4基 12.7mm 単装機銃 24丁
航空兵装	90機
乗員数	2,279名
同型艦	ヨークタウン、ホーネット

米海軍が運用する中型空母「ヨークタウン級」の2番艦。ワシントン海軍軍縮条約により排水量を制限されるなか設計が進められた本級は、大型空母「レキシントン級」の運用ならびに小型空母「レンジャー」の建造で得られた経験を生かしており、被弾に強い一層式開放型格納庫や、前部．中央部、後部と分散配置された昇降機、さらには格納庫の天井に艦上機の収容スペースを設け、搭載機数を増やす工夫をするなど、より実戦に適した空母として完成した。

1941年12月7日（現地時間）の日本軍による真珠湾攻撃の際、ハワイ近海にあった本艦は「真珠湾空襲中。これは演習にあらず」の報により艦上機を発艦させ、付近海面を捜索したが、戦果は得られなかった。以後、日本海軍に復仇する機会を探し、米太平洋艦隊の主力として活動している。

は、全て使用不能に追い込んだと判断します」

ハルゼーの傍《かたわ》らに控えていた参謀長マイルズ・ブローニング大佐が言った。

ハルゼーはマクラスキーに質問を重ねた。

「ジャップの空母はどうだ？　沈没に追い込めると思うか？」

「残念ですが、そこまでは確認できませんでした。投弾後に零戦《ジーク》の攻撃を受け、離脱するだけで精一杯でしたから」

「止めを刺す余裕はなさそうだな」

ハルゼーは時計を見上げ、軽く舌打ちした。

今から新たな攻撃隊を出せば、帰還は夜になる。陸上基地であればまだしも、夜間に空母に降りるのは、ベテランであっても至難《しなん》だ。

部下の母艦機クルーを、無駄に死なせたくはない。

「作戦目的はポート・モレスビーの防衛です。空母が二隻とも使用不能になった以上、日本軍には作戦を中止し、引き上げる以外の選択肢はありません。我が軍は、作戦目的を達成したと考えます」

ブローニングの具申《ぐしん》に、ハルゼーは応えた。

「そいつは分かっているが、もう少しジャップの損害を増やしてやりたかったな。戦果が中途半端《ちゅうとはんぱ》に終わったのは残念だ」

昨年一二月七日、日本軍の奇襲攻撃《サプライズ・アタック》を受けた直後の真珠湾の光景は、ハルゼーの両目に焼き付いている。

延々と燃え続ける戦艦「アリゾナ」や、転覆《てんぷく》し、下腹を海面上に覗《のぞ》かせていた戦艦「オクラホマ」、大破着底した戦艦「カリフォルニア」「ウェスト・バージニア」の姿は、忘れたくとも忘れられるものではない。

ハルゼーとしては、日本軍の空母を撃沈し、真珠湾のお返しをしたいところだったが——。

「真珠湾の復讐《ふくしゅう》戦を挑《いど》む機会は、必ずやって来ます。無理押しをすべきではないと考えます」

「そうだな。楽しみは、後に取っておくとしよう」

ハルゼーは頷き、少し考えてから付け加えた。

「我がTF16は飛び入り参加だ。主役は、フレッチャーのTF17だからな」

情報部の暗号解読によって、日本軍の攻略目標がポート・モレスビーであることを突き止めた太平洋艦隊司令部は、フランク・J・フレッチャー少将が率いるTF17を派遣すると共に、洋上にあったハルゼーのTF16にも作戦参加を命じた。

ニューギニアの南東岸にあるポート・モレスビーは、珊瑚海北部の要港というだけではなく、オーストラリア本土を直接脅《おびや》かせる位置にある。

同地が日本軍の手に落ちた場合、ケアンズ、タウンズビル、ブリスベーンといったオーストラリア北東部の主要都市が爆撃機の攻撃圏内に入る。

最悪の場合、オーストラリアが日本を含む枢軸《すうじく》国に屈服する可能性も考えられるのだ。

「ポート・モレスビーの喪失は、オーストラリアの喪失に直結する」

というのが、太平洋艦隊司令部の認識だった。

命令を受けたハルゼーは、TF17と合流すべく、TF16を珊瑚海に急がせた。

判明している日本艦隊の空母兵力は、正規空母二隻、軽空母一隻。TF17の空母兵力は「レキシントン」「ヨークタウン」の二隻だ。

「エンタープライズ」「ホーネット」の二空母を擁するTF16が加われば、合衆国側が圧倒的に有利となる。

「空母同士の海戦は、史上初めてだ。勝者の栄光は、我が合衆国が握るのだ」

ハルゼーはそのように意気《いき》込《ご》み、TF16の将兵、特に空母の艦上機クルーを激励した。

燃料消費の増大も厭《いと》わず、戦場に急行したTF16だったが、戦闘に加わったのはこの日――五月八日の九時過ぎだった。

「レキシントン」の偵察機が日本艦隊を発見したとき、TF16との間には一〇〇浬以上の距離があり、すぐには攻撃隊を発進させることができなかった。

ハルゼーは、「エンタープライズ」「ホーネット」からF4F一二機ずつを発進させてTF17の応援に向かわせ、自らも二五ノットの速力でTF16を北上させて、日本艦隊との距離を詰めた。

一一時過ぎ、「エンタープライズ」よりF4F一六機、ドーントレス三八機が、「ホーネット」よりF4F一四機、ドーントレス三〇機が、それぞれ日本艦隊に向けて飛び立った。

「ホーネット」の攻撃隊は航法をしくじったらしく、敵を発見することなく引き上げて来たが、「エンタープライズ」の戦闘機隊《VF6》、爆撃機隊《VB6》は日本艦隊を捕捉した。

VF6、VB6は、ジークの迎撃と敵の対空砲火によって被撃墜機を出したものの、無傷の空母に殺到し、飛行甲板に爆弾を叩き付けて、複数の破孔を穿《うが》った。

「ホーネット」の戦闘機隊《VF8》、爆撃機隊《VB8》が「エンタープライズ」の攻撃隊とはぐれることなく、戦闘に加わっていれば、日本軍の空母に止めを刺せたはずだ——そんな不満をハルゼーは感じていたが、事前の打ち合わせもなしに参加した部隊としては、充分な働きをしたと考えている。

TF17の支援に向かったF4Fは、九九艦爆《ヴァル》と九七艦攻《ケイト》を多数撃墜することで同部隊の被害を軽減し、VF6、VB6は日本軍の空母を撃破して、珊瑚海の制空権を奪取した。

世界海戦史上初の空母対決で勝者の栄光を勝ち取ったのは、紛れもない合衆国なのだ。

戦果が中途半端なものに終わった不満はあれど、今は勝利を喜ぶべきだった。

「TF17より受信！」

「エンタープライズ」の通信室より、報告が上げられた。

「『日本艦隊の針路〇度、速力一八ノット。敵は戦場から遁走《とんそう》しつつあり』。『ヨークタウン』の偵察機が確認したとのことです」

「オーケイ！」

ハルゼーは満足感を覚え、陽気な口調で命じた。

「太平洋艦隊司令部に打電しろ。『我、勝てり《ウイ・ハヴ・ヴィクトリー》』と。

――いや、そこはこうした方がいいな。『我らは、史上初の空母対決に勝てり』とな」

第二章　総統《ヒトラー》放逐

1

大本営《だいほんえい》が「珊瑚海海戦」の公称を定めた五月七日、八日の戦いについては、ベルリンの在独日本大使館にも報されていた。

「『祥鳳』が沈没、『翔鶴』『瑞鶴』が大破、艦上機の損失一五〇機以上、ポート・モレスビー、ツラギの攻略は断念。戦果は敵空母一隻の撃破のみ、か」

駐独大使館付海軍武官の横井忠雄《よこいただお》大佐が、海軍省から送られて来た報告電を見て呟いた。

「残念ですが、珊瑚海海戦は我が方の敗北と判断せざるを得ません」

海軍武官付補佐官の豊田隈雄《とよだくまお》中佐が、沈んだ声で言った。

複数いる補佐官の中で、航空を担当しており、ドイツ空軍に知己《ちき》が多い。

「山本長官は、『これからは空母と航空機の時代だ』と主張され、海軍航空兵力の拡充に尽力《じんりょく》された。長官の主張は、真珠湾攻撃の成功とマレー沖海戦の勝利で裏付けられた。空母と航空機の運用については、我が軍に一日《いちじつ》の長《ちょう》があると思っていたが、世界初の空母同士の海戦で敗北するとはな」

「過去に例のない戦いだったため、錯誤《さくご》が生じたのかもしれません。我が方の敗北は、その錯誤故《ゆえ》ではないかと推測します」

横井と豊田の会話に割り込む形で、駐独日本大使の大島浩《おおしまひろし》陸軍中将が苛立《いらだ》たしげに言った。

「戦術の話は、連合艦隊司令部なり軍令部なりに任せておけばよい。問題は、開戦以来の我が軍の快進撃が停止を強いられたことだ。珊瑚海海戦の敗北が連合国を勢いづかせるようなことになれば、我が国は盟邦《めいほう》の足を引っ張ることになってしまう」

(『駐独・ドイツ大使』らしい台詞《せりふ》だ)

豊田は、大島の渾名《あだな》を思い出している。

大島は、親独派が多い陸軍の中でも、特にドイツに傾倒《けいとう》している人物だ。

盟邦ドイツと日本の関係を良好に保つのは、確かに駐独大使の役目だが、その目的はあくまで日本の国益追求だ。

大島の言動には、ともすれば日本よりもドイツの国益を優先するものが目立つため、

「あいつはドイツの大使として、東京のドイツ大使館で勤務する方が相応《ふさわ》しい」

などと陰口《かげぐち》を叩かれることもある。

「私は、盟邦全体の利益を常に考えている。我が国がドイツと同盟を結んでいる以上、ドイツの利益は我が国の利益にも直結するのだ」

というのが、大島の言い分だが。

「当面は、珊瑚海海戦の敗北が欧州戦線に影響を及ぼすことはないでしょう。豪州軍が欧州に派遣されるとすれば、英連邦軍の一員として、となりますが、英軍と枢軸軍の戦いは、空と海に限定されておりますす。北アフリカの英軍とイタリア軍は睨《にら》み合いに終始しておりますし、英連邦がソ連に派兵する可能性も考えられません」

駐独大使館付陸軍武官坂西一良《ばんざいいちろう》少将の意見を受け、大島はかぶりを振った。

「私が懸念しているのは、士気に及ぼす影響だ。四月一八日の本土空襲、今回の珊瑚海海戦と、我が軍は米軍に連続して敗れている。米国が勝利を喧伝《けんでん》し、連合軍全体の士気が高まるのは目に見えている」

「士気と言われますと、見積もりは難しいですな。直接、数字に表れるものではありませんから」

坂西は首を傾げた。

「ただ、ドイツ政府には状況をできる限り正確に伝えた方がよろしいでしょう。ドイツも戦況については、不利な情報も含め、我が国に包み隠さず伝えております。事実を正確に伝えることが相互信頼に直結すると、小官は考えます」

「その点については同意する。珊瑚海海戦の詳報は、海軍武官の方でまとめて欲しい。次の総統《そうとう》との会談

で、私が直接説明する」

不承不承《ふしょうぶしょう》、といった口調で大島が言ったとき、サイレンの音が聞こえ始めた。

大島が命じるよりも早く、大使館の全灯火が消され、館内は闇に閉ざされた。

ベルリンの市街地も灯火管制下にあるのだろう、窓から入って来る光もない。

夜の闇が、ドイツ第三帝国の首都を支配している。

一昨年七月二三日、ベルリンに最初の英軍爆撃機が来襲したとき以来、ベルリン市民も、日本大使館の館員も、空襲警報が鳴ったときの対処は日常の一部になっているのだ。

遠雷のような音が、館外から伝わり始めた。

市内各所に設けられた高射砲塔が、敵機の侵入を阻止すべく、射撃を開始したのだ。

夜間戦闘機も上がっていると思われたが、詳しい状況は不明だった。

「機種は何だろうか？」

「英軍機ならスターリングかハリファックス、米軍機ならB17でしょう」

横井の疑問に、豊田は推測を述べた。

ショート・スターリングとハンドレ・ページ・ハリファックスは、どちらも英国が開発した四発重爆撃機だ。

一昨年の英本土航空戦以来、度々《たびたび》ドイツ本土や西部欧州のドイツ占領《せんりょう》地域に飛来し、市街地や生産設備、飛行場等を襲っている。

ボーイングB17〝フライング・フォートレス〟は、米国製の四発重爆撃機で、太平洋では既に出現が確認されていた。

「米軍の重爆が、もう英国に配備されたのか？」

意外そうな声を上げた大島に、豊田は答えた。

「英本土に飛んだドイツ空軍の偵察機が、ロンドン近郊の飛行場に駐機しているB17の撮影に成功しています。機数はまだ少ないようですが、実戦で効果が証明されれば、多数の機体が英本土に送り込まれるのは間違いありません」

「ドイツ空軍の戦闘機は、Ｂ17に勝てるでしょうか？」

坂西の補佐官を務める小松光彦《こまつみつひこ》陸軍大佐が不安げな口調で聞いた。

「防弾装備が厚く、容易に火を噴かない」

「防御火器が多く、死角がない」

「爆弾の搭載量が大きく、少数機であっても、爆撃では大きな被害を受ける」

等が、内地から届けられたＢ17の情報だ。

そのような機体が大挙《たいきょ》来襲すれば、ベルリンも無事では済まないのではないか、と言いたげだった。

「当然ではないか。何を言うか」

大島が、叱責《しっせき》するような口調で言った。

「ドイツ空軍は、戦闘機も爆撃機も人員も優秀だ。欧州一、いや世界一と言っても過言ではない。英本土の航空戦ではつまずいたが、一度や二度の敗北は問題にならない。欧州の防空戦闘は、ドイツが迎え撃つ側であり、地の利はドイツにあるのだ。Ｂ17だろうがハリファックスだろうが、敗れる道理がない」

「は……」

とのみ、小松は応えて引き下がった。

納得はしていないが、大使閣下《かっか》がおっしゃるのであれば致《いた》し方《かた》がない、と思っている様子だった。

（小松補佐官の懸念はもっともだ）

腹の底で、豊田は呟いた。

ドイツ空軍が優秀であることは認めるが、戦いでは数が物を言う。

米国の生産力は巨大であり、その気になれば、数百機、いや数千機のＢ17を英本土に展開させることも不可能ではない。

ドイツは、東部戦線ではソ連軍を圧倒し、ウラル以西を全て制圧せんほどの勢いだが、西方の敵から本土を守れるのか。

国防軍の過半をソ連に集中している間に、本国が米英軍の爆撃によって壊滅する、などという事態を招く危険はないだろうか。

豊田は顔を上げ、大使館の外に目をやった。

高角砲の砲声が、夜気《やき》を震わせている。

砲声に混じって、爆弾の炸裂音も聞こえて来た。

2

「ヒトラーがつき　フリッチュこねしドイツ餅《もち》」

という言葉が、在独日本大使館の職員の間で囁かれている。

江戸時代に作られた川柳《せんりゅう》「織田《おだ》がこね　羽柴《はしば》がこねし天下餅　座りしままに食うは徳川《とくがわ》」のもじりだ。

国家社会主義《ナ》ドイツ労働者党《チス》の党首アドルフ・ヒトラーが、ドイツを見事に復活させ、欧州の強国に急成長させた功労者であることは間違いない。

前大戦終了後、連合国によって巨額の賠償金を課されたドイツは、深刻な不況と社会不安に喘《あえ》いでいたが、昭和七年、ナチスが政権を握るや、ヒトラーは斬新な政策を次々と打ち出して景気を回復させ、国民の広範な支持を得た。

ヒトラーは昭和八年に首相、翌九年には大統領と首相を兼任する総統の地位に就《つ》き、ドイツの行政と立法を一手に握った。

昭和一〇年、ドイツはヴェルサイユ条約の一方的な破棄と再軍備宣言を行い、軍備拡張に踏み切った。

連合国、特に英仏両国は強く反発し、ドイツを激しく非難したが、両国共に前大戦の惨禍《さんか》の記憶が強く残っていたためか、実力行使は行わなかった。

ヒトラーは声望を集め、国民の敬愛と信頼は高まる一方だった。

このまま進めば、ヒトラーはかつてのフランス皇《こう》帝《てい》ナポレオン・ボナパルトにも匹敵《ひってき》するほどの独裁者になるのではないかとさえ思われた。

その栄光の日々は昭和一一年、唐突《とうとつ》に終わった。

ドイツ国防軍がクーデターを起こし、ヒトラーの政権を打倒したのだ。

国防軍はドイツ全土に戒厳令《かいげんれい》を敷《し》き、一週間後に新政府の発足《ほっそく》を発表した。

新たな総統には、陸軍総司令官ヴェルナー・フォン・フリッチュ上級大将が就き、就任演説の中で、ヒトラーが国防軍にラインラントへの進駐《しんちゅう》を命じていたことを明らかにした。

「この命令が、ドイツに再び亡国《ぼうこく》の道を招くことは確実である。我々は祖国ドイツを救うため、やむなく立ち上がり、ヒトラー総統を退場させたのだ」

とフリッチュは述べ、国民に理解を求めた。

ラインラントはドイツ西部、ライン川沿岸の一帯を指しており、オランダとの国境に近い。

前大戦後、同地域は非武装地帯とすることがヴェルサイユ条約によって定められている。

ラインラントに軍を進めた場合、英仏両国の強い反発は必至だ。両国による対独宣戦布告《せんせんふこく》という最悪の事態すら招きかねない。

国防軍は、再軍備の途上にある自軍と英仏軍の戦力差を冷静に比較し、「ラインラント進駐に成功の見込みなし」と判断、ナチスを打倒して自らが政権を握ったのだ。

ドイツ国民の大多数はなおもヒトラーを慕《した》い続けたが、フリッチュの新政権が偉大なドイツの復活と軍事大国化路線の継承を公約すると、混乱は次第に鎮静化し、ドイツは再び強国への道を歩み始めた。

昭和一三年から一四年にかけて、ドイツはオーストリア、チェコスロバキアを併合《へいごう》し、領土を大幅に拡張した。

更に、不倶戴天《ふぐたいてん》の敵と見られていたソビエト連邦と不可侵条約を締結し、東方の安全を確保した。

欧州の新たな動乱は、昭和一四年一一月三〇日、ソ連とフィンランドの国境で始まった。

ソ連はかねてより、フィンランドに対して、国境地帯にあるカレリア地方の割譲《かつじょう》とフィンランド領内へのソ連軍の駐留を要求していたが、フィンランドが峻拒《しゅんきょ》したため、軍事侵攻に踏み切ったのだ。

英仏両国はソ連を激しく非難し、ソ連軍の即時撤退を要求したが、容《い》れられぬと見るや、フィンランドへの大規模な軍事援助を開始した。

ソ連は短期間でフィンランド全土を制圧すべく、大兵力を投入したが、地の利《ちり》を得ているフィンランド軍の果敢《かかん》な反撃と英仏両国の援助が奏功《そうこう》し、進撃が停滞した。

英仏両国は、参戦はしなかったものの、義勇軍《ぎゆうぐん》という形で地上部隊を派遣した。

フィンランド軍、英仏義勇軍の奮戦により、ソ連軍の損害は更に増大し、フィンランド領内から押し戻され始めた。

昭和一五年三月一〇日、ソ連軍はフィンランドから撤退し、ソ連とフィンランドの間に休戦条約が結ばれた。

欧州の戦乱は、一旦は終息したかに見えたが、それは束の間《つかのま》のことでしかなかった。

三月一二日、ソ連・フィンランド戦争に中立を保っていたドイツが、英仏両国に宣戦を布告し、西方への進撃を開始したのだ。

ドイツ国防軍は、前政権ができなかったラインラントへの進駐をあっさりと達成し、その後も破竹《はちく》の進撃を続けた。更に、五月半《なか》ばまでにはベルギー、オランダ、デンマーク、ノルウェーといった国々を制圧した。

フランスも五月一八日に降伏《こうふく》し、西欧の過半はドイツの占領下に入った。

欧州最強の陸軍国と見られていたフランスが脆《もろ》くも崩壊したことで、中欧の国々は、こぞってドイツとの同盟に動いた。

ドイツ寄りだったハンガリー、ルーマニアは元より、ダンツィヒ回廊《かいろう》の割譲を巡ってドイツと係争していたポーランドまでもが、その傘下《さんか》に加わった。

昭和一五年の五月と九月に、ドイツを軸とした二つの軍事同盟が誕生した。

　フランス降伏の四日前、五月一四日にドイツと中欧諸国の同盟「ベルリン条約機構《BVM》（略称はドイツ語によるもの。英語ではＢＴＯ）」が結成された。

　四ヶ月後の九月二七日、ドイツ、イタリア、日本の間で、三国同盟が調印された。

　英国のみはドイツの軍門《ぐんもん》に降ることはなく、戦争を継続したが、ドイツが欧州最強の軍事強国となったことは、疑いない事実だった。

　昭和一六年四月、ドイツは鉾先《ほこさき》を東に向けた。

　ソ連との不可侵条約を一方的に破棄し、同国に対する進攻作戦を開始したのだ。

　昭和一三年に行われた赤軍《せきぐん》の大規模な粛清《しゅくせい》と、ソ連・フィンランド戦争によって弱体化していたソ連軍は敗北を重ね、九月までにソ連の首都モスクワ、第二の都市レニングラードが陥落《かんらく》した。

　ドイツ総統フリッチュは、

「我が国に、ソ連に対する領土的野心はない。対ソ戦争の目的は、ソ連共産党政権の打倒と穏健な新政権の樹立である」

　との声明を発表し、共産党の支配下で呻吟《しんぎん》していたソ連国民の心を掴んだ。

　また、ソ連内の二つの共和国ウクライナと白ロシアに、独立とＢＶＭへの加盟を認めた。

　昭和一六年一二月、真珠湾攻撃を皮切りに日本が参戦し、米国も対独宣戦を布告したことで、戦火は欧州から太平洋に拡大した。

　ドイツは、西方では守りに徹し、東方では進攻を続けている。

　冬の間、ドイツ軍は越冬態勢を取り、新たな攻勢には出なかったが、昭和一七年の雪融《ゆきど》けと同時に、モスクワ、レニングラード以東への進撃を開始した。

　ソ連共産党書記長ヨシフ・スターリンは、首都機能をウラル山脈にほど近いクィビシェフに移して抵抗を続けると共に、米英両国に支援を求めた。

　だが英国は「対外援助の余裕なし」との理由でソ

連政府の申し入れを拒絶した。

英国とソ連は、フィンランドの防衛を巡って対立した同士だ。義勇軍という形ではあるが、銃火も交えている。

また、王制を敷いている英国にとり、共産主義国家のソ連は相容《あいい》れない存在だ。ドイツという共通の敵が存在するからといって、ソ連を援助するのは、英国の国民感情が許さなかった。

米国はソ連の申し入れを承諾したが、援助物資の受け入れ港となるムルマンスクには、ドイツ軍が迫っている。

西部では戦線膠着《こうちゃく》、東部ではドイツがソ連を圧倒し、追い詰めている、というのが、昭和一七年五月の欧州の状況だ。

「ヒトラーとナチスによる支配体制が続いていたら、どうなっていただろうか」

という話題が、横井忠雄海軍武官と、豊田隈雄補佐官の間で話し合われたことがある。

その場合、ラインラント進駐が強行され、軍事的にはまだ弱体だったドイツは、激怒した英仏によって、叩き潰されていたかもしれない。

あるいは、戦争となることを嫌った英仏がラインラント進駐を黙認し、ドイツはヒトラーの下で軍拡を続けた可能性が考えられる。

いずれにせよ、ヒトラーの指導の下で、ドイツが戦争に突入していたら、戦争の様相《ようそう》は大きく変わったのではないか。

著書の中で、スラブ民族を劣等人種と呼んではばからず、中欧から東欧にかけての広大な地域に対する支配欲を隠そうともしなかったヒトラーだ。

ソ連に進攻した場合、ウクライナや白ロシアの独立承認、あるいはソ連民衆の人心掌握《じんしんしょうあく》といった施策は採《と》らず、全スラブ民族の奴隷《どれい》化、あるいは絶滅を画策したのではあるまいか。

そうなれば、ソ連領に進攻したドイツ軍は、ソ連軍のみならず、一般民衆をも敵に回すことになり、執拗《しつよう》なゲリラ戦に悩まされていたかもしれない。

中国大陸で、便衣兵《べんいへい》に手を焼いている日本軍のように。

だが、現実にドイツを支配しているのは、フリッチュの軍人政権だ。

クーデター後のドイツは、ヒトラー時代と同等以上に好戦的だが、投機的ではない。

ダンツィヒ回廊の割譲を巡ってポーランドと係争していたときは、武力行使も辞《じ》さずとの姿勢を見せたが、英仏の圧力によって引き下がっている。

英仏に戦争を仕掛けたのは、両国がフィンランド支援によって消耗した直後であり、ドイツは漁夫《ぎょふ》の利《り》を得る形でフランスを降伏させた。

ソ連に進攻したときには、スラブ民族を味方に付けるよう心を砕いている。

戦争に踏み切ったのは思い切った賭《か》けだが、国家指導は堅実と言える。

ドイツ復活のきっかけを作ったのはヒトラーだが、その後の軍備の充実や勢力の伸張はフリッチュの功績だ。

その意味では、ヒトラーがついた餅をフリッチュがこねたことになる。

もっとも、ヒトラーを打倒したのが国防軍のクーデターであったことを考えれば、フリッチュの役割は羽柴秀吉《ひでよし》ではなく、明智光秀《あけちみつひで》かもしれないが。

ただし、徳川家康《いえやす》に相当する存在——「座りしままに食う」者が登場するかどうかは分からない。

羽柴秀吉が成立させた豊臣《とよとみ》政権が、紅蓮《ぐれん》の炎に包まれた大坂城《おおさかじょう》と共に滅び去ったように、フリッチュの政権もまた、戦火の中で崩壊しないとも限らないのだ。

横井にせよ、豊田にせよ、ドイツ、ひいてはドイツと同盟を結んでいる祖国日本の未来について、楽観的にはなれなかった。

3

「貴軍の貢献には、感謝しております」

オーストラリア海軍の軍務局員ビル・クラウド中佐は、駐オーストラリア・アメリカ公使館付海軍武官のスティーブ・コクラン大佐に頭を下げた。

オーストラリアの首都キャンベラに置かれているアメリカ公使館の一室だ。

一〇日前、ニューギニア南東部のポート・モレスビーを巡って、激しい戦いが繰り広げられたが、オーストラリア大陸南東部に位置するキャンベラに戦火が及ぶことはない。

市街地に戦時色は乏しく、市民も概《おおむ》ね落ち着いていた。

「ポート・モレスビーを日本軍に奪われていたら、我が国北東部の主要都市が攻撃圏内に入るだけではありません。最悪の場合には、クイーンズランド州の全住民に避難を命じる必要が生じたかもしれません。日本軍が作戦を中止し、引き上げたことで、我が国は救われました」

「感謝には及びません。合衆国海軍は、任務を果たしただけです」

コクランは、軽く右手を振った。

階級では上だが、盟邦の士官が相手であるためか、話し方は丁寧《ていねい》だった。

五月七日、八日の二日間にかけて戦われた珊瑚海海戦（公称は日米同じ）における詳細な情報は、既にオーストラリア海軍の司令部やアメリカの公使館に届けられている。

アメリカ軍の損害は、給油艦「ネオショー」、駆逐艦「シムス」沈没、空母「レキシントン」中破。

戦果は軽空母と駆逐艦各一隻の撃沈、正規空母二隻の撃破だ。

ポート・モレスビーの防衛という作戦目的を達成し、戦果は合衆国側の被害を上回る。戦略、戦術共に、合衆国軍の勝利だ。

フレッチャー提督《ていとく》のTF17だけであれば、戦力的には日本艦隊とほぼ互角《ごかく》であり、結果がどちらに転ぶかは分からなかった。

だが戦いの後半、ハルゼー提督のTF16――「エンタープライズ」「ホーネット」の二空母が戦闘に加入したことで、合衆国軍の勝利は決定的なものとなった。

戦力を出し惜《お》しみせず、四隻の空母を投入した太平洋艦隊司令長官チェスター・ニミッツ大将の決断が、この結果をもたらしたと言える。

「太平洋艦隊司令部では、モレスビーを日本軍に明け渡してはどうか、との意見もあったそうです」

今だから言いますが――と前置きして、コクランは言った。

「日本軍がモレスビーを占領すれば、守備隊に補給を送らねばなりません。ですが、彼らの最前線基地があるラバウルからモレスビーまでは航路が限られているため、航空機や潜水艦《せんすいかん》による捕捉は用意です。モレスビーを明け渡した上で、補給船を片端《かたはし》から撃沈すれば、日本軍を消耗させることが可能ではないか、と」

「敢えて、その策は採らなかったと？」

「貴国の国民感情に配慮した結果です。我が国と貴国との紐帯《ちゅうたい》を維持するためには、この方面の安全に合衆国が責任を持つことを、具体的な形で証明しなければなりませんから」

クラウドは、何度も頷いた。

オーストラリアは英連邦の一員であり、本来なら周辺海域の安全は、英本国が守らねばならない。

だが英本国は、ヨーロッパの過半を制圧したドイツの脅威《きょうい》にさらされている。

しかもシンガポールの英東洋艦隊、セイロン島トリンコマリーの英東インド艦隊は、強大な日本海軍の前に敗北を重ね、インド洋のアッズ環礁《かんしょう》にまで後退した。

英本国には、遠く離れたオーストラリアを守れるだけの余力はないのが現状だ。

アメリカはイギリスに代わり、その役割を果たしてくれている。オーストラリア海軍の将校としては、感謝の他はない。

「我々が判断しかねているのが、日本軍の目的についてです」

クラウドは話題を変えた。

「今年一月、彼らはビスマルク諸島を攻略し、ニューブリテン島のラバウル、ニューアイルランド島のカビエンに前線基地を築きました。これが、日本海軍の重要拠点であるトラック環礁の安全を確保するためであることは理解できます。ですが、ポート・モレスビーにまで手を伸ばしてきた目的は何でしょうか？ 彼らはフランス領インドシナ、オランダ領東インドなどと同じく、我が国にも領土的野心を持っているのでしょうか？」

「合衆国では、日本の狙いは貴国の孤立《こりつ》と中立化にあると考えております」

コクランは、順序立てて説明した。

オーストラリアは戦略上の要地だが、日本には、同国を占領できるだけの国力はない。

占領が不可能となれば、他の手段での無力化が考えられる。

そのための有効な手段が、オーストラリアとアメリカの連絡線の遮断《しゃだん》だ。

この目論見《もくろみ》が成功すれば、オーストラリアはどこからの援護も受けられなくなり、孤立する。

そこを見計らって、日本がオーストラリアに連合国から離脱し、中立化するよう、圧力をかける。

オーストラリアが落伍すれば、合衆国は対日反攻のための要地を失い、戦略の根本的な見直しを余儀《よぎ》なくされる。

「我が国が連合国から脱落するとは、舐《な》められたものですな」

クラウドは唇《くちびる》を歪《ゆが》めた。

「我がオーストラリアは、英連邦の一員であり、国民は国王ジョージ六世陛下《へいか》の忠良なる臣民《しんみん》としての誇りを持っています。その我らが連合国から脱し、中立化の道を選ぶなどあり得ないことです」

「だからこそ狙われるのです、ミスター・クラウド。この戦争は我が国と貴国、日本だけではなく、全世界規模で考える必要があります」

コクランは、諭《さと》すように言った。

オーストラリアは英連邦の中でも、カナダと並ぶ有力な国家であり、地上兵力の供給源としても期待されている。

そのオーストラリアが落伍したとなれば、英連邦全体が衝撃を受ける。

場合によっては、カナダ、南アフリカ等、他の英連邦諸国も離脱の道を選び、英連邦そのものが崩壊するかもしれない。

日本はそのような効果まで考えて、オーストラリアの中立化を狙っているのではないか。

あるいは、ドイツが日本に対し、オーストラリアの無力化を要請している可能性も考えられる。

「敵からそれほど重要視されているとは、名誉《めいよ》なことですな」

クラウドは小さく笑った。

「貴官のお言葉通りだとして、日本の次の一手はどのように考えられますか？　モレスビーをあくまで狙って来るのか。あるいは、我が国の沿岸部諸都市を直接攻撃して来るのか」

「確定情報ではありませんが、日本の次の標的がハワイという可能性があります。その準備攻撃として、ミッドウェー島を占領し、同地を足がかりにしてハワイ攻略を狙って来る、と」

ハワイはアメリカのみならず、連合国全体にとり、太平洋の要《かなめ》となる最重要拠点だ。

万一、ハワイが日本によって攻略されるようなことになれば、オーストラリアはアメリカの援助を一切受けられなくなる。

そのような事態になった場合、コクランが危惧《きぐ》した「オーストラリアの中立化と英連邦からの落伍」も現実味を帯びて来る。

「現在、太平洋艦隊の情報部が、日本軍の暗号電文の解読を急いでいます。解読が進めば、彼らの目標を特定できるでしょう」

安心していただきたい――コクランの言葉には、その意が込められていた。

「貴国の防衛も含め、合衆国は南西太平洋の安全に責任を持つ立場です。何よりも、貴国は英連邦の一員であり、我が合衆国の盟邦です。合衆国は、盟邦を見捨てるような真似《まね》は決してしません。私は合衆国海軍を代表する立場として、そのことを名誉に懸けてお約束します」

第三章　ＭＩ作戦の行方

1

「大和」の上甲板からは、柱島泊地に帰還して来た航空母艦《こうくうぼかん》「瑞鶴」の姿がはっきりと見えた。

「こっぴどく叩かれたな」

矢部亮介一等兵曹の口から、唸り声が漏れた。

飛行甲板の前縁が断ち割られ、飛行甲板を支える支柱も歪んでいる。

左右両舷に設けられている高角砲、機銃座も、相当数をやられたようだ。

本来なら、真っ平らであるはずの飛行甲板には、ささくれのようなものが見える。直撃弾によって穿たれた破孔の縁であろう。

珊瑚海海戦の結果を報じる大本営発表は、「空母一隻沈没、二隻損傷」と、被害を比較的正確に伝えていたが、これほど酷くやられているとは想像していなかった。

「瑞鶴」はゆっくりと柱島泊地を抜け、工廠へと向かってゆく。この日のうちにドック入りし、修理が開始されるのだろう。

「『瑞鶴』が、あそこまでやられるとはねえ」

五番高角砲の砲台長を務める岩代光《いわしろひかる》一等兵曹が頭を左右に振った。矢部とは、海兵団で共に訓練を受けた仲だ。

「米国が簡単に勝てる相手だとは思ってなかったが、俺たちが想像していた以上の強敵だったのかもしれない」

矢部は頷いた。

「瑞鶴」は「大和」と同じく、呉海軍工廠で建造され、昨年九月二五日に竣工した。

「大和」より一足先《ひとあしさき》に、真珠湾攻撃で初陣を飾っている。

姉妹艦の「翔鶴」や、第一、第二航空戦隊の空母四隻と共に、大戦果を上げて帰還した「瑞鶴」の姿を見て、「大和」乗員は、皆羨《うらや》ましがったものだ。

その「瑞鶴」が、大きく傷ついている姿は、米軍が容易ならぬ相手であることを、物語っているようだった。

「噂《うわさ》が、本当になるかもしれませんね」

三番高角砲の信管手を務める米田正邦《よねだまさくに》三等兵曹が言った。

珊瑚海海戦の結果が伝えられてから、「大和」の艦内では、一つの噂が囁かれている。

「大和」も間もなく前線に出るのではないか、というものだ。

就役《しゅうえき》以来、半年余りが経過した「大和」だが、その間、乗員はひたすら訓練で毎日を過ごした。

矢部以下の三番高角砲の砲員たちも、高角砲の操作を反復練習し、射撃精度を少しでも高められるよう腕を磨いて来た。

「高角砲の射撃には、正確さと迅速さが要求される。一発撃ってから次弾を発射するまでに、航空機は数百メートルを動く。移動速度の高い敵を叩くには、自らを砲の一部になるまで鍛えねばならぬ」

高角砲員を統括する第五分隊長の弥永常人《やながつねひと》少佐はそのように訓示《くんじ》し、第五分隊士の末次恭一《すえつぐきょういち》大尉は、

「本艦が帝国海軍最強の戦艦として実力を活かせるかどうかは、人にかかっている。本艦の砲術科員は、帝国海軍一の砲術科員でなければならぬ。高角砲員も、全く同じだ。本艦が決戦の前に敵機に傷つけられるような事態は、断じて避けねばならない。豆鉄砲などと言われることもあるが、本艦を敵機から守るのは、その豆鉄砲なのだ。高角砲や機銃の働きがあればこそ、本艦は力を発揮できるのだと心得《こころえ》よ」

と、全員に言い渡した。

半年間に亘る猛訓練で、矢部も、部下の高角砲員たちも、三番高角砲を手足のように操れるだけの腕を身につけたと自負している。

訓練の成果を実戦の場で試す日が近いのかもしれない。

「実戦なら、望むところです！」

元気のいい声で、叫ぶように言った者がいる。

高角砲一基につき、四人いる砲手の中で、最も年が若い谷田《たにた》修《おさむ》三等水兵だ。

「空母や駆逐艦に配属された同期が、前線に出るのを見て、いつも羨ましく思っていました。最強の戦艦と前線に出られるなら、本望《ほんもう》です！」

「戦意が高いのは結構だが、訓練と実戦は違うぞ。戦死の危険とは、常に隣り合わせになる」

諫《いさ》めるような口調で言った矢部に、谷田は言った。

「覚悟の上です。海軍に奉職《ほうしょく》して以来、命は御国のために捧《ささ》げたつもりでおりました」

「命を捧げる、などと軽々しく口にするな。死んでも、御国のためにはならん」

矢部は、厳しい口調で言った。

「死んだら、それっきりだ。本当に、御国のためにと思うなら、どんなことをしても生き抜け。意地《いじ》汚《きたな》いと言われようが、臆病者のそしりを受けようが、生きて還《かえ》るんだ。命さえあれば、幾らでも働けるんだからな」

真珠湾攻撃以来、日本軍は快進撃を続けて来たように見えるが、その陰には武運が尽き、斃《たお》れていった者がいる。

戦死者の中には、矢部の海兵団同期もいる。

海兵団で、苦楽を共にした仲間の死を知る度《たび》に、矢部は「死んではならぬ。生きて戦い続けろ」と、部下に言い聞かせて来たのだ。

砲台長の役目は、対空戦闘だけではない。極力全員を生還させることは、戦闘以上に重要だと矢部は考えていた。

「は、はい。申し訳ありませんでした！」

谷田は、戸惑ったような表情を浮かべながら頭を下げた。

海兵団で教わったことと違う、と思ったのかもしれない。

海兵団の教官には、「命を惜しむな」「危険を顧《かえり》みず、とことんまで敵を追い詰めろ」等、戦死を奨励するようなことを言う者も少なくないからだ。

だが、軍艦は海兵団ではない。

三番高角砲では、矢部は自分のやり方を押し通すつもりだった。

「一つ分からんのですがね、砲台長」

肝心なことを思い出した、と言いたげな様子で、
旋回手の川崎猛夫二等兵曹が言った。

「本艦は、連合艦隊の旗艦でしょう。その本艦が前線に出るということは、山本長官が陣頭指揮を執られるということですかね？」

「そこまでは分からんよ」

矢部は、軽く肩を竦《すく》めた。

山本長官は、下士官、兵にも気さくに声をかける人だと聞かされているが、最高指揮官の胸の内など、一下士官に推し量《はか》れるものではない。

「仮に山本長官が陣頭指揮を執られるのであれば、俺たちの役目はますます重要になるだろうな。長官を御守りするのは、俺たちの役目だからな」

2

「瑞鶴」が修理のためにドック入りしている頃、東京・霞《かすみ》ヶ《が》関《せき》の軍令部では、複数の海軍高官が険《けわ》しい表情で向き合っていた。

軍令部からは、次長の伊藤整一《いとうせいいち》少将と第一部長の福留繁《ふくとめしげる》少将、第一課長の富岡定俊《とみおかさだとし》大佐が出席している。

向かい合わせに腰を下ろしているのは、連合艦隊首席参謀黒島亀人《くろしまかめと》大佐、政務参謀藤井茂《ふじいしげる》中佐、戦務参謀渡辺安次《わたなべやすじ》中佐だ。

階級は軍令部側の出席者の方が高いが、連合艦隊司令部から派遣された三名の参謀は、いずれも階級差などものともしない態度で臨んでいる。

三人とも、連合艦隊司令長官の威光《いこう》を背負って会議に臨んでいるためであろう。

「ＭＩ作戦を中止せよと言われるのですか⁉」

黒島が、いかにも心外《しんがい》と言いたげな声を上げた。

他の二人の参謀は、何も言わない。伊藤や福留の言葉を待っている様子だった。

「その通りだ。山本長官には、MI作戦の中止を御承諾いただきたい」

福留が答えた。

MI作戦とは、ミッドウェー島の攻略作戦だ。同地を占領して基地航空隊を進出させ、米軍の動きを監視すると共に、ハワイ攻略作戦の足場とする。

作戦には、真珠湾攻撃に参加した第一航空艦隊の他、第一、第二の両艦隊、潜水艦部隊など、連合艦隊のほぼ全戦力が参加する。

山本は、この作戦を強硬に推したが、その裏には四月一八日の日本本土初空襲がある。

緒戦の大勝利に、日本中が歓喜に包まれていたところに、冷水を浴びせるような一撃が襲ったのだ。

空襲の被害自体は比較的小さかったが、本土近海に敵機動部隊の接近を許したことへの衝撃は大きい。

あのような事態を二度と起こさぬためには、中部太平洋に強力な監視網を敷く必要がある。

そのための拠点として、ミッドウェーが選ばれたのだった。

軍令部は、一度は作戦計画に同意したが、珊瑚海海戦の終了直後、山本に中止を求めたのだ。

このため、山本の意を受けた三人の参謀が、軍令部に乗り込んで来たのだった。

「軍令部がそのように判断された理由をお聞かせいただけますか？」

藤井の問いに、富岡が答えた。

「第一の理由は、珊瑚海海戦における敗北だ。MI作戦には、元々一航艦の空母六隻全てを投入する予定だったが、『翔鶴』『瑞鶴』が使用不能になった。艦政本部から届けられた情報によれば、両艦とも飛行甲板を大きく損傷しており、修理に最低半年はかかるということだ。機動部隊の空母戦力が三分の一も減少したのでは、作戦が困難になるばかりではない。場合によっては、一、二航戦までもが大きな被害を受けるかもしれない。そのような危険を、冒《おか》すべきではない」

「一、二航戦は搭乗員の技量の面で、五航戦を上回っています。一、二航戦だけでも、作戦成功の見込みは高いと考えますが」

「珊瑚海海戦では、敵空母四隻が出現した」

福留が言った。

当初、ＭＯ機動部隊と戦った米軍の空母は二隻だけだったが、海戦の後半で新たに二隻の空母が出現したことを、索敵機が報告している。

ＭＯ機動部隊は、二対四の戦いを強いられたのだ。

ＭＩ作戦では、珊瑚海に出現した空母四隻全てが出撃して来る可能性がある。

空母だけなら互角だが、米軍には他に、ミッドウェーの基地航空部隊の戦力が加わる。

日本側が不利な戦いを強いられることは明白であり、危険が大きいと考えざるを得ない、と福留は主張した。

「珊瑚海で戦った敵空母のうち、『レキシントン』には爆弾三発を命中させました。ＭＩ作戦は六月初めですから、それまでに修理が完了するとは考えられません」

渡辺が言った。

米空母の艦名は、撃墜した敵機の搭乗員を捕虜《ほりょ》にしたとき、その供述によって判明したものだ。

「ＭＩ作戦の中止を求める理由は、他にもある」

富岡が、福留に続けて言った。

「山本長官は、ＭＩ作戦の目的を二つ定められている。第一にミッドウェー島の占領、第二に敵機動部隊の誘出《ゆうしゅつ》、撃滅だ。これらのうち、敵機動部隊を誘い出す場所については、ミッドウェーである必要はないことが、先の珊瑚海海戦によって判明した」

米海軍は、開戦時に七隻の空母を保有していたが、うち四隻が珊瑚海に出現した。

これは、米国が豪州の防衛を重視していることの表《あらわ》れだ。

ならばポート・モレスビー、あるいはソロモン諸島あたりを決戦場に選んでも、敵機動部隊の誘出は可能なはずだ――と、富岡は述べた。

続けて、福留が発言した。

「今になってみると、MO作戦に一航艦の全戦力を投入すべきだったと思う。そうしていれば、米軍の空母四隻を一挙に屠《ほふ》れたかもしれない」

「それは、後付けではないのですか？　あの時点では、米軍が四隻もの空母を珊瑚海に差し向けて来るとは考えられなかったのですから」

黒島の反発を受け、福留は言った。

「事前の情報収集について問題があったことは、軍令部も認めざるを得ない。だからこそ決戦の場は、ミッドウェーではなく、ラバウルから比較的近い珊瑚海やソロモン諸島の周辺を選ぶべきだと考えるのだ。珊瑚海やソロモンであれば、ラバウルの基地航空隊が決戦に参加できるし、長距離索敵による情報収集も期待できる」

「もう一つ重要な理由として、ミッドウェー占領後の維持がある」

福留に続けて、伊藤が言った。

「我が軍は開戦直後にウェーク島を占領し、第六警備隊と第二四航空戦隊を進出させたが、同島への補給に難渋《なんじゅう》しているのが現状だ。ミッドウェーは、そのウェーク島より更に一〇〇〇浬も先にある。第二部にも検討して貰《もら》ったが、同島への補給は極めて困難であり、多数の輸送用船舶を喪失する危険が大きい、との結論が出された」

「その件は、GFと四艦隊、一一航艦の間で、検討中のはずですが」

軍令部が一方的に結論を出していい問題ではない――そんな口調で、黒島が言った。

MI作戦が計画されたとき、山本長官の意を受けた作戦参謀三和義勇《みわよしたけ》中佐は、中部太平洋の警備を担当する第四艦隊に、

「ミッドウェー占領後の補給をお願いします」

と依頼した。

ところが、第四艦隊の首席参謀川井巌《かわいいわお》大佐は、

「現在はマーシャル諸島とウェーク島への補給だけで手一杯だ。この上、ウェークから一〇〇〇浬以上も遠方にあるミッドウェーへの補給までは到底《とうてい》不可能だ。どうしてもということであれば、輸送船団に空母二隻の護衛を付けて貰いたい」

と応えた。

三和はこの判断に納得せず、

「四艦隊が不可能と言われるのでしたら、一一航艦に要請します」

と伝えて、四艦隊司令部を後にした。

ところが、第一一航空艦隊への補給は、当の第四艦隊が担当しているのだ。

四艦隊ができないミッドウェーへの補給を、一一航艦ができる道理がない。

現在のところ、この問題は未解決のままだ。

軍令部としては、ミッドウェー占領後の維持の問題を放置したまま、MI作戦を強行するわけにはいかなかった。

「ミッドウェーは、本土の東方海上を監視するのに不可欠の拠点なのです。米軍による再度の本土空襲を、許してもよいとお考えですか⁉」

黒島が机を叩かんばかりの勢いで、声を荒らげた。

「東方海上を監視するための拠点が、必ずしもミッドウェーである必要はないと考えます」

富岡が本土近海の地図を広げ、南鳥島《みなみとりしま》を指した。

「南鳥島を拠点にすれば、広範囲を網羅《もうら》できます。補給も、ミッドウェーに比べて遥かに容易です。また、本土の基地から足の長い陸攻か飛行艇に、長距離の洋上哨戒を実施させる手も考えられます。先頃配備が始まった二式大型飛行艇は、約三八〇〇浬の航続距離を持ちますから、本土から一〇〇〇浬以上の範囲に目を光らせることが可能です」

「軍令部としては、第二段作戦を米豪分断作戦一本

に絞りたいということですか？」

　渡辺の問いに、伊藤が頷いた。

「山本長官は、自身の職を懸けてまでMI作戦を推進すると言われた。軍令部も長官の強い態度に押され、MI作戦と米豪分断作戦を並行して進めることになった。その結果、我が軍は兵力をいたずらに分散し、虎の子の空母二隻を大きく傷つけられる結果を招いた。兵力分散の愚《ぐ》を、これ以上犯《おか》すべきではないと考える」

「でしたら米豪分断作戦を中止し、MI作戦一本に絞るべきです」

　黒島の主張に、伊藤はかぶりを振った。

「MI作戦の危険性は、たった今、第一部長と第一課長が説明した通りだ。軍令部としては、より成功の可能性が高い作戦を採りたい」

「長官は、MI作戦が容れられないのであれば辞任するとおっしゃっていますが」

　渡辺が言った。


　開戦に先立ち、山本は真珠湾攻撃を強硬に推し、「認められなければ辞任する」とまで言い張り、実施にこぎつけている。

　真珠湾攻撃が成功した今、山本は米太平洋艦隊に大打撃を与えた国民的英雄であり、人気も高い。

　その山本が、連合艦隊のトップから去ったのでは、海軍に対する国民の信頼が揺らぐ。

　軍令部総長永野修身《ながのおさみ》大将は、山本の申し出に、

「GF長官がそこまで言うなら、やらせてみようではないか」

　との一声で、MI作戦を採択した経緯がある。

　渡辺は軍令部との交渉に当たり、同じ手を使って来たのだ。

「長官の出処進退《しゅっしょしんたい》については、軍令部の管轄《かんかつ》外だ。その話は、海軍大臣にして貰いたい」

　伊藤は、突っぱねるような口調で応えた。

　渡辺は、驚いたような表情を浮かべた。伊藤の言葉は、想定外だったようだ。

「長官がＧＦから去られてもよいとおっしゃるのですか？」

「人事は、海軍省の専管《せんかん》事項だ。軍令部が口を挟める問題ではない。初歩的なことを、今更言わせないで貰いたい」

山本の辞任について、伊藤は諾否《だくひ》の返答をしないと決めている。

仮に、山本が辞任しても、海軍省がすぐに後任を決める。官僚機構とは、そういうものだ。

ここはセクショナリズムを前面に出し、軍令部は人事に関わりなしとの態度を貫くつもりだった。

黒島が、諦《あきら》めたように言った。

「……分かりました。軍令部の意志を、長官にお伝えします」

3

「本研究会の課題は、二つあります。第一に、『翔鶴』『瑞鶴』の被弾損傷を防げなかったこと。第二に、戦果が敵空母一隻の撃破に留まったこと。以上の二件について、理由を明確にしたいと考えます」

連合艦隊参謀長宇垣纏少将が、出席者を見渡して言った。

東京・目黒《めぐろ》にある海軍大学の一室には、連合艦隊の主だった幕僚の他、第一航空艦隊の司令部幕僚と各戦隊の司令官が参集している。

第五航空戦隊司令官原忠一少将、首席参謀山岡三子夫中佐、航空参謀三重野武少佐は、教官の叱責を受ける海兵生徒のような表情で腰を下ろしている。

原は、「翔鶴」「瑞鶴」を損傷させ、ＭＯ作戦を失敗させた責任者だ。

「ゴリラ」の渾名を持つ、雄偉《ゆうい》な体格の持ち主だが、その巨体が半分以下に縮んだようだった。

「直接的な理由は、空母の戦力差であることは明白です。我が方は『翔鶴』『瑞鶴』の二隻。これに対して、敵は四隻の空母を投入して来ました。『翔鶴』

『瑞鶴』の被害が飛行甲板の損傷に留まり、沈没に至らなかったことは、幸運に恵まれたからに過ぎません」

連合艦隊司令官山口多聞少将が言った。

連合艦隊作戦参謀三和義勇中佐の発言を受け、第二航空戦隊司令官山口多聞少将が言った。

「問題は、空母の戦力差が生じた理由です。五航戦の戦闘詳報によれば、海戦の第一日目、五月七日の時点では、判明していた敵空母の数は二隻でした。ところが五月八日、海戦の終盤になって、新たに二隻の空母を擁する敵機動部隊が戦闘に参加して来ました。第一の敵機動部隊を『甲』、第二の敵機動部隊を『乙』と呼称しますが、『乙』を早い段階で発見できなかったのは何故でしょうか?」

「理由は、二つ考えられます。第一に、索敵機の見落とし。第二に、五月七日の時点では、『乙』が戦場海面に到着していなかったことです。戦闘詳報にも記しましたが、五月七日、八日とも、MO機動部隊は独自に航空偵察を実施した他、ラバウルの第二五航空戦隊も、飛行艇による長距離偵察を実施しました。MO機動部隊も、二五航戦も、『甲』は探知できましたが、『乙』は八日の午後になり、ようやく存在を知ることができたのです」

山岡首席参謀が答えた。

「MO機動部隊に、索敵機が不足していたのではありませんか?」

山口が原に聞いた。

MO機動部隊の戦力は、五航戦の「翔鶴」「瑞鶴」の他、第五戦隊の重巡「妙高」「羽黒」、駆逐艦六隻だ。

他に、MO攻略部隊に第六戦隊の重巡六隻があるが、使用できる水上偵察機は八機に留まる。

これだけでは、充分な索敵ができなかったのではないか、と山口は指摘した。

「水偵だけでは不充分だったため、『翔鶴』『瑞鶴』の艦攻も索敵に充《あ》てた。八日に『甲』を発見したのは、その一機だ。索敵機の数が不足していたわけではなかった」

「七日、いや八日の午前中までは、『乙』は戦場に到着していなかった可能性が大です」

一航艦の草鹿龍之介参謀長が言った。

戦場にいなかった敵を発見できなかったのは、致し方がない。海戦の後半に、新たな敵が飛び入りして来るなどとは、誰にも想像できない——そんなことを言いたげだった。

「通信はどうです？　敵の暗号電文を解読するのは困難でも、傍受された敵信から、『乙』の存在を察知できなかったものでしょうか？」

山口の新たな質問に対し、山岡が答えた。

「実は……五月七日夕刻の時点で、『乙』の出現を知らせる電文が、ラバウルの第八通信隊より届いていました」

「ラバウルから？」

宇垣が驚いたような声を上げた。

ラバウルは、戦場となった海面から四〇〇浬以上離れている。

ＭＯ機動部隊が傍受できなかった敵信を、ラバウルの通信隊が受信できたのか、と疑っている様子だ。

「ラバウルは最前線だけに、通信設備は充実しています。送受信用のアンテナも、高所に設けています。受信能力は、空母よりも遥かに高いはずです」

一航艦通信参謀の小野寛治郎《おのかんじろう》少佐が発言した。

一航艦が編成されたときから、一貫して旗艦「赤城」に乗艦しているだけに、空母の通信能力の限界については熟知しているのだ。

「小野参謀の言う通りです。ラバウルの第八通信隊の方が、空母よりも高い通信能力を持っています」

連合艦隊通信参謀の和田雄四郎《わだゆうしろう》中佐も、小野に賛同した。

「八通から届いた情報を活かせなかったのは何故だ？」

「司令部が報告電を受け取ったのは、五月八日の一〇時過ぎでした。この時点で、攻撃隊は『甲』に向かっており、『乙』を叩けるだけの戦力はなかったのです」

宇垣の問いに、山岡は沈んだ声で答えた。

「八通は、五月七日に『乙』の出現を報せた。にも関わらず、五航戦司令部には五月八日の一〇時過ぎまで、報告が届かなかったというのか？」

「おっしゃる通りです。五月七日から八日にかけて、『瑞鶴』には味方の暗号電文や傍受された敵信が、次々と入電していました。八通の報告電は重要度が低いと見なされ、伝達が遅れたと考えられます」

「五航戦は『甲』のみを相手取っており、『乙』の存在を知るのが遅れた。結果、『甲』『乙』合計四隻の空母から攻撃を受け、『翔鶴』と『瑞鶴』が被弾損傷した、ということですね？」

確認を求めた山口に、原は答えた。

「二航戦司令官が言われた通りです」

「空母の護衛が不足していたことも、敗因の一つではないでしょうか？『翔鶴』『瑞鶴』を護衛していたのは、重巡二隻、駆逐艦六隻だけです。これだけでは、敵空母四隻の艦上機から、空母二隻を守り切るのは困難です」

草鹿が発言し、出席者の何人かが、同感だ、と言いたげに頷いた。

「できることなら、戦艦二隻程度をMO機動部隊に付けたいと考えていたが、GFはMI作戦に備えねばならず、MO作戦には充分な戦力を割けなかった。この点については、GFの責任者として、申し訳なく思っている」

山本五十六連合艦隊司令長官が、このとき初めて口を開いた。

この時点では、まだMI作戦の可否について、軍令部に返答していない。

「金剛《こんごう》型の代艦《だいかん》を早い段階で建造していれば、もう少し艦艇に余裕があったかもしれませんな」

宇垣が言った。

金剛型の代艦とは、昭和一六年に制定された第五次海軍軍備拡充計画、略称マル五計画の中にある巡洋戦艦だ。計画名称は「Ｂ65型超甲《ちょうこう》型巡洋艦」であり、略称は「超甲巡」となる。

　約三万トンの艦体に、金剛型戦艦の主砲よりやや口径が小さい三一センチ主砲を装備し、最大三三ノットの速度性能を持つ。

　マル五計画では、二隻の建造が予定されている。条約明け後から同型の建造を開始していれば、早い段階で戦力化でき、機動部隊の直衛艦の役割を果たせたのではないか、と宇垣は考えたようだった。

「超甲巡一隻が付いていても、敵機は防ぎ切れないでしょう。空母の護衛に最も有効なのは、直衛戦闘機です」

　山口が言った。あと一隻の空母がＭＯ機動部隊にあれば、被害を軽減できたはずだ、と主張したいようだった。

「ＭＯ作戦失敗の根本原因は、艦艇や航空機の不足ではない」

　山本が、きっぱりとした口調で言った。たら、ればの話はそこまでにせよ、との意が込められているように感じられた。

「我が軍に不足していたのは、敵に関する情報の収集や処理の能力だ。より具体的には、五月七日のうちに『乙』の出現を察知できなかったことだ。早い段階で敵の投入戦力が分かっていれば、ＭＯ作戦を一時中止し、部隊を再編して出直すという選択肢もあった。敵情が分からぬため、ＭＯ機動部隊、特に五航戦には無理な戦いを強いてしまった。本件について、五航戦司令部の責任を問うのは酷《こく》だろう」

「再発の防止策確立は急務です」

　山本の言葉に続けて、宇垣が言った。

「機動部隊としましては、偵察を重視し、これまで以上に多くの機体を投入したいと考えます」

　草鹿が真っ先に発言し、続けて一航艦の源田実航空甲参謀が言った。

「機動部隊では近々、二式艦上偵察機の試験運用が始まります。水上偵察機よりも遥かに高速で、足も長く、偵察には持って来いの機体です。索敵の能力は、大幅に強化されると考えます」

山口が、脇から強い語調で言った。

「それだけでは不足だ。我が軍に必要なのは、戦場海面だけではなく、より広範囲に、より早く、敵の動静を探るための方策だ。珊瑚海海戦であれば、五月八日ではなく、五月七日の時点で『乙』の存在を摑むための手立てだ。新型の偵察機の配備だけでは、敵の早期発見は難しい」

「二航戦司令官は、どのようにお考えでしょうか？」

「通信力の強化だ」

言下《げんか》に、山口は言った。

「機動部隊全体の通信能力を高め、敵信を現在よりも遠方から探知可能とする。ＭＯ機動部隊の通信能力が八通と同等であれば、早い段階で『乙』を発見できたと考えられる」

「現状では、一航艦の通信力を高めるのは難しいと考えます。通信力を向上させるには、通信機を最新のものに入れ換えると共に、空中線をより高い位置に移す等の改装が必要となりますが、空母にそのような改装を行う余裕はありません」

宇垣が渋面《じゅうめん》を作って、山口の意見に応えた。

「戦艦はどうでしょうか？『比叡《ひえい》』『霧島《きりしま》』なら通信アンテナの位置が高く、遠方の敵信であっても傍受は可能と考えますが」

「三戦隊の高速戦艦は、空母を守るために不可欠の存在です。通信能力強化の改装のため、編成から外すわけにはいきません」

宇垣は言下に答えた。

山口が指揮する二航戦も、「比叡」「霧島」に守られる立場だ。頼みになる護衛を外してもいいのか、と言いたげだった。

「一航艦の所属艦を改装するのではなく、新戦力を加えるのはどうだ？」

山本が自ら提案した。

口元が、僅かに緩《ゆる》んでいる。悪戯《いたずら》をたくらむ悪童《あくどう》のような笑みだ。

真珠湾攻撃を計画したときも、このような表情を浮かべていたのかもしれない。

宇垣が質問した。

「新戦力と言われますと、三戦隊の高速戦艦全てを一航艦に配属するか、重巡を一個戦隊増やすといったことでしょうか？」

「『大和』だよ、参謀長」

「は……？」

「『大和』をＧＦ旗艦の任から解き、機動部隊に配属するのだ。あの艦の通信能力は、全海軍艦艇の中で随一だ。『大和』が機動部隊に加われば、最前線における耳の役割を果たせることに加え、防空力も飛躍的に強化される。『大和』の活用が、現在採り得る最善の策だと私は考える」

4

「敵信を傍受しました。発信源はミッドウェーの可能性大です」

第六根拠地隊司令部に通信参謀の木下《きのした》甫《はじめ》少佐が入室し、報告した。

第六根拠地隊、略称「六根」は、マーシャル諸島の警備を担当する部隊だ。司令部は、行政の中心地であるクェゼリン環礁の本島に置かれている。

「ミッドウェーだと？　間違いないか？」

首席参謀林《はやし》幸市《こういち》中佐は、木下に聞き返した。

「発信者名は、ミッドウェーの守備隊司令となっております。敵の偽電《ぎでん》である可能性を疑い、発信位置を調べたところ、クェゼリンよりの方位二〇度から四〇度の間と判明しました。この範囲内にある敵の有力な根拠地は、ミッドウェー以外にありません」

「敵信の内容は？」

司令官の阿部孝壮《あべこうそう》少将が聞いた。

ミッドウェー島は、「MI」の作戦名が冠《かん》された次期作戦の攻略目標だ。

MI作戦の実施に関する連合艦隊司令部と軍令部の対立については、クェゼリンに伝わっていない。

MI作戦のことは別にしても、米軍の前線基地から発せられた通信は重要な情報源だ。

「真水《まみず》の欠乏を伝えております。飲料水が二週間分しかないため、至急輸送して欲しい、と」

阿部は、ミッドウェーに関する情報を思い出した。

同島には川も湧き水もなく、水は外部からの搬入と雨水に頼っているという。

「通信参謀、四艦隊司令部に打電だ。『〈AF〉ニハ真水ガ不足セリ』」

阿部は木下に命じた。

「AF」は、ミッドウェーを示す日本軍の符丁だ。友軍とのやり取りに、「ミッドウェー」の地名は一切使用せず、全て「AF」を用いている。


「一点だけ、気がかりなことがあります。ミッドウェーの敵信が、平文《ひらぶん》だったことです」

木下の報告に、阿部は問い返した。

「平文?」

「はい。平文のため、解読の必要もなく、すぐに報告できました」

「ミッドウェーの米軍は、よほど切迫しているのではないかね?」

林首席参謀の一言を受け、木下は言った。

「おっしゃる通りかもしれませんが、過去に受信された敵信は、全て暗号電文でした。気になりましたので、報告した次第です」

阿部は、少し考えてから命じた。

「四艦隊への報告電に、一行追加せよ。『傍受セル敵信ハ平文ナリ』と」


「これは、どう考えるべきなのだろうか?」

軍令部第一課長の富岡定俊大佐は、机上《きじょう》に置かれた報告電を睨みながら首を傾げた。

トラック環礁の第四艦隊を通じて、クェゼリンの第六根拠地隊から送られた報告電だ。

「『ＡＦ』ニハ真水ガ不足セリ。猶《ナホ》、傍受セル敵信ハ平文ナリ」

というのが、報告電の全文だ。

「敵の電文が、平文というのが引っかかりますね。六根もそのことを疑問に思ったため、二行目を付け加えたものと考えられます」

第一課員の佐竹継男《さたけつぐお》少佐が言った。

第一課は作戦を司る部署であるため、海軍の主流派である砲術や水雷の専門家が集まっているが、佐竹は通信の専門家だ。

「暗号電文を送るべきところを敢えて平文にしたことには、意図があると言うのかね？」

「断言はできませんが、可能性はあります」

「その意図とは？」

「我が軍に傍受させ、反応を見ることではないか、と考えます」

佐竹は、かいつまんで説明した。

米軍は、日本軍の次の作戦目標を知るべく、懸命に情報を集めている。

その彼らの網に、ＭＩ作戦がかかった可能性が考えられる。

米軍は、日本軍がミッドウェー島の攻略を目論んでいると推測しているが、現在のところは確証を得ていない。

そのため、ミッドウェーの状況を報せる電文を平文で打ち、日本軍がどのように動くかを見ようとしたのではないか。

「だとすれば、御苦労なことだな。既に中止になった作戦について、手間暇かけて情報を集めるとは」

脇で話を聞いていた福留繁第一部長が、小さな声を立てて笑った。

一昨日、山本五十六連合艦隊司令長官が軍令部の要請を容れる旨《むね》を伝えて来ている。

ＭＩ作戦は中止され、第二段作戦は、米豪分断作戦に一本化されると決まったのだ。

この情報は、まだ前線部隊には伝えられていない。第二段作戦の方針変更を知っているのは、軍令部の上層部と連合艦隊司令部だけだ。

「『ＡＦ』がミッドウェーを示すことは、米軍も察知した可能性があります」

第一課員の小峯文三《こみねぶんぞう》中佐が言った。佐竹と同じく、通信の専門家だ。

「六根は米軍の通信を傍受し、『〈ＡＦ〉ニハ真水ガ不足セリ』との報告電を打ちました。米軍もまた、我が軍の通信を傍受していると考えられますから、六根の通信を解読すれば、『ＡＦ』がミッドウェーを意味することは容易に察知できます」

「米軍が、Ｄ暗号を解読しただと？」

福留が目を剝いた。

Ｄ暗号は、五桁の乱数を使用しており、暗号書を入手しない限り、解読は不可能と考えられている。

米軍がＤ暗号を解読するなど、あり得ない、と真っ向から否定する様子だった。

「暗号電文を解読できなくても、頻出《ひんしゅつ》する符丁に注意を払っていれば、敵の意図をある程度察することができます。先の珊瑚海海戦の折り、ラバウルの第八通信隊が敵機動部隊の出現を察知したのも、敵の特定の符丁に注意を払っていた結果です。米軍も同様の手段を用いているのではないでしょうか」

小峯に続いて、佐竹が言った。

「珊瑚海海戦の時も、米軍は機動部隊二隊、四隻の空母を珊瑚海に派遣して来ました。敵が我が軍の意図を察知していなければ、迅速な部隊の展開はできなかったと考えられます。これは、我が軍の暗号が解読されていた証《あかし》とはならないでしょうか？」

「通信の専門家から、暗号が解読されている、などという言葉を聞くとは思わなかった」

理解し難《がた》いと言いたげに、福留は頭を振った。

通信の専門家なら、暗号による情報の秘匿《ひとく》を保証すべきではないか、と考えている様子だった。

「通信の専門家だからこそ、暗号漏れの可能性を考えているのです。機密の保持は、通信の重要な役割の一つですから」

小峯が、穏やかな声で応えた。

「暗号が敵に解読されているのだとすれば、それを逆用《ぎゃくよう》して、敵に一杯食わせてやれそうだな」

富岡がニヤリと笑った。

「どうするのかね？」

福留の問いに、富岡は答えた。

「『AF』がミッドウェーを示すことを、敵が察知していると仮定しての話ですが、『AF』を含んだ通信文を打電するのです」

5

六月五日六時丁度《ちょうど》、アメリカ合衆国海軍第一六任務部隊《TF16》は、ミッドウェー島の北北東二〇〇浬の海上に展開していた。

この一ヶ月半前、日本本土近海まで進出し、首都東京《トーキョー》に向けて、最初の航空攻撃を敢行《かんこう》し、珊瑚海海戦では、日本軍の翔鶴型《ショウカク・タイプ》空母一隻を撃破した部隊でもある。

そのTF16が、合衆国の領土を守る任務に就き、艦上機の出撃準備を進めている。

中核となる二隻の空母「エンタープライズ」「ホーネット」共に、夜明け前から三基の昇降機《しょうこうき》が飛行甲板と格納甲板の間を往復し、艦上機を飛行甲板上に上げている。

グラマンF4F〝ワイルドキャット〟とダグラスSBD〝ドーントレス〟。

両者とも、珊瑚海海戦で派手に活躍し、勝利をもたらした機体だった。

「『エンタープライズ』戦闘機隊《VF6》、爆撃機隊《VB6》共に、飛行甲板上での待機に入りました」

飛行甲板と連絡を取っていた「エンタープライズ」艦長ジョージ・ミュレー大佐が、ＴＦ16司令官レイモンド・スプルーアンス少将に報告した。

「『ホーネット』より、戦闘機隊《ＶＦ８》、爆撃機隊《ＶＢ８》共に準備完了との報告あり」

との報告も、通信室から届けられた。

スプルーアンスは、「ホーネット」に双眼鏡を向けた。

飛行甲板の後部に、多数の艦上機が敷き並べられ、暖機運転《だんきうんてん》を開始している。

命令があれば、直ちに出撃できる態勢だが、スプルーアンスは「了解した」と答えただけだった。

ＴＦ16では、この日の夜明け前から偵察機を放ち、敵艦隊の所在を探っているが、未《いま》だに「敵艦隊発見」の報告が届いていない。

ＴＦ16だけではない。

共にミッドウェー近海に出撃している第一七任務部隊《ＴＦ17》も、ミッドウェー島の海兵隊航空部隊も航空偵察を行っているが、敵艦隊を発見したとの報告はない。

敵の所在が分からない以上、攻撃隊は空母の飛行甲板上で、待機を続ける以外にない。

「本当に、ジャップは来るのでしょうか？」

ＴＦ16作戦参謀のウィリアム・ブラッカー中佐が、沈黙に耐えかねたように言った。

「太平洋艦隊の情報部が探った結果だ。確度は高いと考えるが」

幾分か躊躇《ためら》いがちな口調で、スプルーアンスは答えた。

日本軍の新たな攻略目標については、太平洋艦隊司令長官チェスター・ニミッツ大将が、就任以来の最重要課題と考えていた。

日本軍は今年一月、ニューブリテン島ラバウルを占領し、同地に多数の航空機を進出させている。

ラバウルを足がかりに、ニューギニア南東岸の要《よう》衝《しょう》ポート・モレスビーを攻略するのか。あるいは、ハワイを狙うのか。

　後者であれば、一足飛びにハワイに来るのではなく、攻略のための拠点として、ミッドウェー島やフレンチフリゲート環礁を押さえる可能性がある。

　ジョセフ・ロシュフォート少佐を長とする太平洋艦隊司令部の戦闘情報班「ハイポ」は、傍受された敵の暗号電文から日本軍の攻略目標を特定すべく、不眠不休で努力を重ねた。

　太平洋艦隊が珊瑚海にＴＦ16、17を派遣し、ポート・モレスビーの防衛に成功した裏には、「ハイポ」の働きがあったのだ。

　珊瑚海海戦の生起と前後して、ロシュフォートは中部太平洋における日本軍の新たな動きを察知した。

　本国の作戦本部は、「日本軍は、ポート・モレスビー、ニューカレドニア、フィジー方面を指向している」との判断を伝えて来たが、ロシュフォートと「ハイポ」の班員は暗号電文の解読を続け、日本軍の新たな攻略目標をミッドウェー島に絞り込んだ。

　ロシュフォートの実績に照らせば、敵がミッドウェーにやって来る可能性は、九〇パーセント以上と判断できる。

　だがスプルーアンスは、ブラッカーと同じく、「ハイポ」の分析結果に疑問を持ち始めている。

　ミッドウェーの海兵隊航空部隊は、六月一日よりコンソリデーテッドＰＢＹ〝カタリナ〟飛行艇による長距離洋上哨戒を実施しているが、「敵艦隊発見」を報告した機も、未帰還となった機もない。

　海兵隊のカタリナも、ＴＦ16、17の偵察機も、日本艦隊を発見できないとなると――。

「最悪の可能性も、この際想定するべきでしょうな」

　参謀長のマイルズ・ブローニング大佐が言った。

　ブローニングが言わんとしていることは、スプルーアンスにも分かっている。

　日本艦隊が行動を巧《たく》みに秘匿し、合衆国側に気づかれぬうちに、ミッドウェー島やＴＦ16、17に接近している可能性だ。

（先制攻撃を受けるようなことがあれば……）

　スプルーアンスは、不吉な予感を覚えた。

　空母二隻の飛行甲板上に敷き並べられたＦ４Ｆとドーントレスは、燃料タンクを満タンにしている。のみならず、ドーントレスは下腹に一〇〇〇ポンド爆弾を抱えている。

　一発でも爆弾が命中すれば、航空燃料と一〇〇〇ポンド爆弾が誘爆を起こし、二隻の空母は炎に包まれてしまう。

　離れた海面にいる「ヨークタウン」も、状況は同じだ。

　太平洋艦隊は、昨年一二月七日の真珠湾攻撃で戦艦多数を失い、現在は空母が中核兵力となっている。

　この上空母まで失えば、日本海軍に対抗する手段は残されていない。

「我が軍が先制攻撃を受けたとしても、一方的に空母を沈められる事態にはならないでしょう。珊瑚海海戦の折り、対空レーダーが敵機を早期に発見し、有効な邀撃《ようげき》戦闘を可能とした戦例があります。我が方が先制攻撃を受けることが確実となったときには、全機を発進させ、迎撃に当たらせればよいと考えます。飛行甲板をクリアにしておけば、最悪の場合でも、誘爆は避けられます」

　ミュレーの言葉に続けて、ブローニングが言った。

「邀撃戦闘に際しては、ドーントレスも有効な戦力となり得ます。零式艦上戦闘機《ジーク》を相手取るには難がありますが、九九式艦上爆撃機《ヴァル》や九七式艦上攻撃機《ケイト》を攻撃するには充分です」

（ハルゼーの右腕だけのことはあるな）

　ブローニングの言葉を聞き、スプルーアンスは内心で呟いた。

　ＴＦ16の本来の指揮官はウィリアム・ハルゼー少将であり、スプルーアンスはその下で、第五巡洋艦戦隊《CD5》の司令官を務める身だった。

　ところが今回の作戦の直前、ハルゼーが重い皮膚病で入院したため、スプルーアンスがＴＦ16の司令官に任じられたのだ。

　ハルゼーは合衆国海軍きっての猛将として知られ、「日本人を殺せ《キル・ジャップス》」「日本人をもっと殺せ《キル・モア・ジャップス》」をモットーとする人物だ。

　その参謀長を務めていたブローニングもまた、司令官に劣らぬ闘志の持ち主であるようだ。

「最悪の事態を想定し、それに備えておくのは賢明だ。しかしながら、状況は今のところ不透明だ。最悪の事態を招くことのないよう、敵の発見に努《つと》めるのが、現在我々がやるべきことだと考える」

　スプルーアンスは、ミュレーとブローニングの顔を等分に見て応えた。

　――だが、「エンタープライズ」の通信室に、「敵艦隊発見」の報告は届かなかった。

　各艦が装備するＣＸＡＭ対空レーダーが、敵機の影を捉えることもない。

　ＴＦ16も、ＴＦ17も、敵の先制攻撃を受けることはないが、空母の飛行甲板で待機しているＦ４Ｆとドーントレスが敵艦隊を求めて飛び立つこともない。

　時計の針が一時間、二時間と時を刻む間、飛行甲板上の艦上機は、潮風にさらされるままだ。

「敵の狙いはミッドウェーではなく、ハワイという可能性は考えられないでしょうか？」

　沈黙に耐えられなくなったように、ブラッカーが言った。

　スプルーアンスは、訝《いぶか》る口調で聞き返した。

「根拠は？」

「ハワイであれば、ミッドウェーの哨戒圏を北か南に迂回して接近できます」

　ミッドウェーの海兵隊は、カタリナによる哨戒圏を、島の周囲六〇〇浬と定めている。

　日本軍が哨戒網にかからないのは、攻撃目標がミッドウェーではなく、ハワイにあるからではないか。

　ＴＦ16、17がミッドウェー近海で敵を探し回っている間に、日本軍は合衆国軍の哨戒圏外を大きく迂回し、真珠湾に対する二度目の攻撃を実施すべく、オアフ島に向かっているのではないか——と、ブラッカーは述べた。

「作戦参謀の言う通りなら、『AF』はミッドウェーではなく、ハワイを指していたことになる」

独りごちるように、スプルーアンスは呟いた。

「AF」とは、日本海軍の暗号電文に頻出する地点符号であり、ロシュフォートはこれがミッドウェーを指しているものと推測した。

太平洋艦隊の情報参謀エドウィン・レイトン中佐は、ロシュフォートの考えに同意したが、「AF」をミッドウェーと特定するための根拠は、充分とは言えなかった。

そこで、ニミッツ太平洋艦隊司令長官が一計を案じた。

ミッドウェー島の守備隊指揮官に命じ、

「真水の残量は二週間のみ。至急、真水を供与されたし」

との要請を、平文で打電させたのだ。

数日後、マーシャル諸島の日本軍から本土に宛てた「『AF』には真水が不足している」との報告電が、合衆国軍に傍受された。

この事実から、太平洋艦隊は「AF」がミッドウェーを指していると確信したのだ。

その「AF」が、ハワイを意味する地点符号となると——。

（ニミッツ長官は、日本軍を引っかけるつもりで、逆に一杯食わされたのだろうか？）

スプルーアンスの脳裏に疑念が浮かんだ。

暗号解読の能力を高く評価されているロシュフォートと「ハイポ」の班員も、過ちを犯す可能性はある。

「それはありますまい。ジャップがハワイ攻略を目指しているのであれば、ミッドウェーを占領して足場とすることが不可欠です。『ハイポ』が突き止めた通り、『AF』はミッドウェーを指していると、私は考えます」

　ブローニングの言葉を受け、ブラッカーが言った。

「日本軍はハワイの攻略ではなく、無力化を目指している可能性が考えられます。工廠や重油タンクを破壊されれば、真珠湾の軍港としての価値は激減、いや消滅します」

「オアフ島の航空部隊も、独自の哨戒を実施している。ジャップが二度目の奇襲を目論んでも、前回と同じことにはならないと考えるが」

「オアフ島に展開する航空兵力だけで、敵艦上機の攻撃を阻止できるかどうかが、私には疑問です」

　幕僚二人のやり取りを聞きながら、スプルーアンスは思案を巡らした。

　ブラッカーの懸念が現実になった場合、真珠湾は艦艇の整備、修理、補給の能力を失う。

　真珠湾と同等の機能を持つ軍港は、本土西海岸のサン・ディエゴしかなく、太平洋艦隊は本土西岸までの後退を余儀なくされる。

　太平洋の西半分が、日本海軍に制圧されるのだ。

　合衆国にとっては、悪夢のような事態だが――。

「オアフ島にも、ある程度の兵力がある以上、日本軍に蹂躙《じゅうりん》されるようなことはないと考えるが、万一ということがある。太平洋艦隊司令部に、意見を具申しておこう」

　スプルーアンスがそう言ったとき、

「太平洋艦隊司令部より緊急信！」

　通信室から、冷静さを欠いた口調で報告が上げられた。

　スプルーアンスは、背筋に冷たいものを感じた。

　ブラッカーの懸念が現実になったのか、と思ったのだ。

　通信長のマーク・ルイス少佐は、報告を続けた。

「『敵主力はミッドウェー近海にあらず。ソロモン諸島近海にあり。ＴＦ16、17はソロモン方面に急行し、敵主力を捕捉・撃滅せよ』と命じております」

第四章　「大和」猛然

1

北西の空から、爆音が聞こえて来た。

エンジン・スロットルが絞り込まれており、着水態勢に入っていることをうかがわせた。

第二艦隊司令長官近藤信竹《こんどうのぶたけ》中将の視界に、接近して来る一群の水上機が入った。

二基のフロートを提《さ》げた単葉機《たんようき》と胴体下に一基のフロートを提げた複葉機《ふくようき》が一二機ずつだ。

第一二航空戦隊の特設水上機母艦から発進した、零式水上偵察機と零式観測機だった。

近藤を始めとする第二艦隊の将兵が見守る中、二四機の水上機は緩やかに高度を下げ、第二艦隊の北東に横たわる島の陰に、吸い込まれるように消えた。

「水上機が二四機ですか。前線基地を守るには、ちと心許《こころもと》ないですな」

「水上機は繋《つな》ぎだ。飛行場が完成するまでの、な」

旗艦「愛宕《あたご》」艦長伊集院松治《いじゅういんまつじ》大佐の言葉に、近藤は応えた。

「水上機で支え切れなければ、ラバウルから応援が来る。一歩一歩駒《こま》を進めていけば、遠からずソロモン全域を制圧できるだろう」

現在、第二艦隊は、ソロモン諸島中部にあるニュージョージア島の南西岸沖に展開している。

軍令部の主導で進められる米豪分断作戦、作戦名「FS」が動き始めたのだ。

「FS」とは、フィジー、サモアの両諸島を意味する。

ソロモン諸島全域を制圧し、その後、ニューカレドニア、フィジー、サモアへと進撃する、大規模な作戦計画だ。

既に占領しているビスマルク諸島からサモアまでを押さえれば、豪州と米国の連絡線を遮断する封鎖線が完成する。

豪州を封鎖し、無力化すれば、南方資源地帯や南東方面の前線基地ラバウルの安全が確保され、日本の長期持久態勢が強化される。

将来的には、豪州の脱落による英連邦の弱体化といった政治上の効果までもが期待されていた。

日本軍は、既にFS作戦の第一歩として、この三月、ソロモン諸島北部に位置するブーゲンビル島を占領下に置いた。

同島南部のブインと北方に位置するブカ島では航空基地の建設が進められ、南方に位置するショートランド島には、水上機基地が設けられている。

軍令部はブーゲンビル島に続いて、飛行場の適地があるソロモン諸島南部のガダルカナル島の占領を目論んだが、同島はラバウルから約五六〇浬、ブーゲンビル島のブインから約三〇〇浬の距離を隔てている。

「一足飛びにガダルカナルを占領するのは、危険が大きい。ガダルカナルとブーゲンビルの中間に一箇所、基地を確保した方がよい」

軍令部では、この慎重論が大勢を占め、ガダルカナル攻略に先だってニュージョージア島を占領し、南西岸のムンダに飛行場と水上機基地を建設すると決定された。

第二艦隊に護衛された横須賀鎮守府《ちんじゅふ》第五特別陸戦隊がムンダに上陸したのはこの四日前、六月六日だ。

ニュージョージア島には敵の守備隊はおらず、陸戦隊は無血《むけつ》でムンダを占領した。

陸戦隊に続いて、第一三設営隊が上陸し、飛行場と水上機基地の建設が始まった。

水上機は滑走路が要らないため、拠点の占領後、短期間で進出できる。

たった今、ムンダに飛来したのは、第一陣となる第一六航空隊だ。

一六空の機体のうち、零観はある程度の空戦能力を有しているが、敵の戦闘機と真っ向から戦える機体ではない。

そのため、零戦を水上戦闘機に改造した二式水上戦闘機が、第二陣としてムンダに飛来する。

　彼らが頭上を守っている間に、同地の飛行場を完成させ、次の目標であるガダルカナルへと進むことになっていた。

「敵の出方が気になります。飛行場が完成するまで、米軍が指をくわえて見ているとも思えません」

「六月六日時点で、米軍の機動部隊はミッドウェー近海にいたことが判明しております」

　参謀長白石万隆《しらいしかずたか》少将の意見を受け、通信参謀中島《なかじま》親孝《ちかたか》少佐が言った。

　ＭＩ作戦は中止と決定されたが、日本軍は敵の動静を探るため、ミッドウェー近海に伊号潜水艦一一隻を派遣している。

　六月六日から七日にかけ、それらの潜水艦から、

「敵艦隊見ユ。敵ハ空母二隻ヲ伴フ」

「敵艦隊見ユ。敵ハ空母一隻ヲ伴フ」

　といった報告電が打電されたのだ。

　暗号電文が解読されていることを逆用して、米空母をミッドウェー近海に引きつけ、その隙《すき》にニュージョージア島を攻略するという軍令部の作戦が、図に当たったのだ。

「問題は、ミッドウェーの敵機動部隊がどのように動くかだ」

　白石が言った。

　ハワイの米太平洋艦隊司令部が、日本軍の真の目的を悟った場合、二つの選択肢が考えられる。

　ミッドウェー近海の機動部隊を直ちにソロモンに向かわせ、ニュージョージアに上陸した日本軍の撃退を図るか、すぐには行動を起こさず、日本軍の出方を見るかだ。

　トラック環礁で作戦全般の指揮を執る連合艦隊司令部も、第二艦隊司令部も、米軍は前者を採るであろうと予測している。

　ミッドウェーからソロモン諸島までは、約二六〇〇浬。

　米艦隊の巡航速度である一六ノットで、六日から

七日を要する距離だ。

六日として、敵艦隊のソロモン到達予想日は六月一二日。明後日になる。

「敵がミッドウェーからソロモンへの最短航路を採った場合、クェゼリンの索敵網にかかります。敵艦隊発見の報告電は、今のところありません」

航海参謀の木暮寛《こぐれひろし》中佐が言った。

クェゼリン環礁には、第一一航空艦隊隷下《れいか》の第二四航空戦隊と、第六根拠地隊隷下の第一九航空隊が進出し、綿密な索敵網を張り巡らしている。

米艦隊がクェゼリンへの接近を試みるか、近海を通過すれば、高確率で発見するはずだ。

索敵機が敵戦闘機に撃墜された場合でも、二四航戦や六根から、「未帰還機有リ」の報告が入ることになっている。

六月一〇日現在、クェゼリンの索敵機が、米艦隊を発見したとの報告はない。

「敵の動静が不明というのは不気味だな」

近藤は、ニュージョージア島の上空を見上げた。

MO機動部隊が敵の動きや投入兵力を読み切れず、敗北を喫《きっ》したのは、僅か一ヶ月前だ。

第二艦隊やニュージョージアに上陸した陸戦隊、設営隊が敵機動部隊の攻撃を受けたら、と思うと、悪寒を覚える。

第二艦隊は、重巡を中心とした高速部隊で、指揮下に第三戦隊の戦艦「金剛」「比叡」、第四、第五戦隊の高雄《たかお》型重巡、妙高型重巡各四隻、第四水雷戦隊の軽巡一隻、駆逐艦一一隻を擁する。

他に、第二水雷戦隊の軽巡一隻、駆逐艦一〇隻が、輸送船団の直衛に付いている。

水上砲戦になれば、かなりの力を発揮するが、航空攻撃には弱い。

小型空母の「瑞鳳《ずいほう》」が随伴《ずいはん》しているものの、搭載機数は常用二七機、補用三機と、正規空母の半分だ。

敵機動部隊に襲われるようなことになれば、MO機動部隊以上の大損害を受ける恐れがある。

「米艦隊が来るとしても、まず機動部隊同士の戦いになると考えられます。私は、機動部隊の勝利を信じているのですが」

白石が言った。

南雲忠一中将の第一航空艦隊は、ソロモン諸島を挟んで、第二艦隊の北東海上に展開している。

ミッドウェーから駆け付けて来るであろう米機動部隊に、網を張っているのだ。

（五航戦は不覚《ふかく》を取ったが、南雲の采配《さいはい》には期待したいところだ）

近藤は、南雲の顔と一航艦の陣容を思い浮かべた。

南雲は近藤と共に、緒戦の快進撃の立役者《たてやくしゃ》となった指揮官だ。

元々は水雷の専門家で、航空には素人《しろうと》だが、真珠湾攻撃の成功やインド洋海戦で勝利を得た手腕を見れば、専門外の分野でよくやっていると思う。

今度は、その南雲が直々《じきじき》に指揮を執るのだ。

第一、第二航空戦隊には、珊瑚海で敗北した五航戦に比べ、ベテランの搭乗員が多い。

しかも一航艦には、最新鋭戦艦の「大和」が配属されている。

通信能力の高さを評価して、一航艦への配属が決まったと聞くが、虎の子の戦艦を預けた以上、山本長官も南雲の手腕を評価しているのではないか。

「我が二艦隊も、機動部隊を援護する」

白石以下の幕僚たちに、近藤は言った。

「一二日以降、索敵を強化するのだ。敵の機動部隊は、どこから出現するか分からぬからな」

2

「敵信らしき電波を探知！」

第一航空艦隊旗艦「大和」の通信室で、敵信班に所属する小湊三郎《こみなとさぶろう》二等兵曹が叫び声を上げた。

昨夜からこの日――六月一五日の朝にかけて、当直に就いていた班員だ。あと一時間ほどで交替というときになって、「大和」の通信アンテナが不審《ふしん》な電波を捉えたのだ。

「電波出力は？」

敵信班長の森本賢吉《もりもとけんきち》兵曹長が聞いた。

「敵信らしき電波」だけでは、敵艦隊のものかどうかは分からない。付近の海中に潜《ひそ》む潜水艦が、友軍に通信を送った可能性もある。

「微弱です。発信位置が遠いためか、途切れ途切れの受信です」

小湊は返答した。

「大和」の通信員は、第一航空艦隊がソロモン諸島の北方海上に展開して以来、昼夜を問わず無線機に張り付いている。

疲労のためだろう、顔はどす黒く染まり、目の下に隈《くま》ができているが、声ははっきりしていた。

「方位と距離は特定できるか？　だいたいでいい」

「方位は八〇度から九〇度の間です。距離の特定は難しいですが、五〇〇浬以上遠方と見積もられます」

「ほぼ真東か。敵艦隊だとすると、マーシャルを迂回したのかもしれんな」

森本は、太平洋の地図を思い浮かべた。

「敵艦隊は、六月六日時点でミッドウェー島の近海にいたことがはっきりしている。敵がミッドウェーからまっすぐソロモンに向かったとすれば、六月一二日乃至一三日に会敵する可能性が高い」

「大和」通信長土手義勝《どてよしかつ》中佐は、敵信班員にその旨を伝えたが、米艦隊は会敵予想日を二日過ぎても姿を現さなかった。

「敵は、一旦ハワイに戻ったんじゃないのか？」

「我が軍が艦隊を引き上げたところで、ニュージョージアの守備隊を襲うつもりかもしれない」

「大和」の艦内では、そんな憶測《おくそく》と噂が飛び交ったが、一航艦はソロモン諸島の北方海上に留まり続けた。

今日、会敵予想日の三日後になって、ようやく

「大和」の通信室が、敵信らしきものを捉えたのだ。

敵信が一航艦の北方ではなく、東方で捕捉されたのは、敵が迂回航路を採ったからだと考えれば説明がつく。

米艦隊は行動を秘匿するため、マーシャル諸島を東に大きく迂回し、東方からソロモン諸島への接近を図ったのだろう。

「探知した電波に特徴はないか?」

「途切れ途切れですので、確実な情報とは言えませんが、特定の符丁が複数回確認されました」

質問を重ねた森本に、小湊は答えた。

「どのような符丁だ?」

「『トウェイン』という語です。人名ではないかと推測されます」

「米国の小説家だ」

背後からかかった声に、森本は慌《あわ》てて直立不動の姿勢を取り、敬礼した。

土手通信長が背後に来ていたのだ。

「マーク・トウェイン。『トム・ソーヤーの冒険』や『王子と乞食《こじき》』の作者として知られる。いずれも、我が国で翻訳が出ている。敵艦隊は、小説家の名前を呼び出し符丁に使っているのかもしれない」

「は、はあ……」

森本は、戸惑ったような返事をした。

日本の小説でさえ、あまり読まない身だ。海外の小説など、手に取ったこともない。

土手は、小湊に命じた。

「小湊兵曹は、俺と来てくれ。敵信らしきものを傍受した旨、艦長に報告する。これが敵艦隊の早期発見に結びついたら、大手柄《てがら》だ」

3

六月一六日早朝、戦艦「大和」より発進した零式水上偵察機の一号機は、ソロモン諸島の北方海上を、東に向かって飛行していた。

夜が明けてから間もないため、太陽はまだ低い。

正面から照りつける熱帯圏の強烈な陽光が、目を眩《くら》ませるため、三人の搭乗員は色つきの飛行眼鏡《めがね》をかけていた。

「現在位置、ベイツ島よりの方位七一度、一八九浬。機動部隊よりの方位九〇度、一八〇浬」

操縦員と機長を兼任する宇佐美定勝《うさみさだかつ》中尉に、偵察員を務める田端宏《たばたひろし》一等飛行兵曹が報告した。

ベイツ島は、サンタイサベル島の北西端付近に位置する小島だ。サンタイサベル島は大きすぎるため、ベイツ島が基準点となっている。

「変針地点まで約一〇分だな」

宇佐美は言った。

第一航空艦隊は、この日未明から扇《おうぎ》状に一一機の索敵機を放っている。

「大和」一号機が受け持つ索敵線は、一航艦よりの方位九〇度から七五度の間だ。

艦隊からの方位九〇度、距離二〇〇浬の地点で真北に変針、五三浬を飛行したところで二度目の変針を行い、帰路に就く。

索敵線の幅が一五度と狭いのは、「大和」が一航艦に配属され、水上機の数に余裕が出たためだ。

一航艦の指揮下には、水上機六機の運用能力を持つ利根《とね》型重巡二隻があり、索敵能力の高さを誇っていたが、そこに利根型と同じ搭載機数を持つ「大和」が加わったことで、艦隊の「目」が更に強化された。

索敵計画を作成した航空乙参謀吉岡忠一《よしおかただかず》少佐は、

「『大和』が配属されたおかげで、索敵線を緻密《ちみつ》にできた」

と喜んでいたという。

ただし、索敵に当たるのはあくまで人だ。

洋上の敵艦を見落としたり、見張りを怠《おこた》って敵戦闘機に撃墜されたりしたのでは、緻密な索敵線も意味を持たなくなる。

宇佐美以下の三名は、どれほど小さな艦影も見逃すまいと、洋上に目を凝《こ》らすと共に、敵戦闘機の奇襲に備えて、周囲の空にも目を配っていた。

「現在位置、機動部隊よりの方位九〇度、二〇〇浬。変針地点です」

五時二二分、田端が報告した。

「あと五〇浬、索敵線を伸ばしてみよう。一〇浬置きに、現在位置を報告してくれ」

宇佐美は言った。

「敵信班は昨日、方位八〇度から九〇度の間に、敵のものらしき電波を捉えている。敵艦隊は、機動部隊の東方から接近して来る可能性が高い」

飛行長奥田《おくだ》重信《しげのぶ》少佐は発進前の打ち合わせで、そのように伝えている。

二〇〇浬を飛行したところで変針するよう命じられているが、もう少し先まで探っておくべきではないか、と考えたのだ。

片道二五〇浬を飛んだ場合、総飛行距離は約五八〇浬になる。零式水偵の航続性能ぎりぎりだ。

「一〇浬置きに、現在位置を報告します」

田端は、覚悟を決めたような声で復唱した。

海面に変化はない。

零式水偵は、朝の強い日差しの中、東に飛び続けている。

田端が「機動部隊からの距離二二〇浬。ベイツ島からは七四度、二二七浬」と報告したとき、左前方の水平線上に小さな影が見えた。

「『敵ラシキ艦影見ユ』と打電しろ！　位置はベイツ島よりの方位七四度、二二七浬だ」

「『敵ラシキ艦影見ユ。位置、〈ベイツ島〉ヨリノ方位七四度、二二七浬。〇五三二《マルゴサンフタ》』。機動部隊に打電します」

電信員の井村《いむら》孝《たかし》三等飛行兵曹が復唱を返した。

視界の中に、新たな艦影が入って来る。

小さな艦影が三つに、やや大きな艦影が一つだ。

前者は駆逐艦、後者は巡洋艦だと思われた。

「打電、終わりました」

井村が報告を送って来る。

このときには、視界内の艦影は六隻に増えている。巡洋艦らしき大きな影が二つ、駆逐艦らしき小さな影が四つだ。

空母らしき艦はない。

（近づきすぎるのは危険だ）

距離が詰まるにつれて拡大する敵艦を見ながら、宇佐美は胸中《きょうちゅう》で呟いた。

零式水偵は、前上方から陽光を浴びるため、反射光によって敵に視認され易い。

「敵の北に回り込む」

宣言するように言って、宇佐美は操縦桿を左に倒した。

零式水偵が左に傾き、正面の艦影が右に流れた。

敵艦を見失わぬよう注意しつつ、大きな円弧を描いて旋回する。

「敵空母、左前方！　二隻です！」

不意に、田端が叫び声を上げた。

宇佐美は、左前方を凝視した。

まな板のように平べったい艦が二隻、視界に入って来た。

「井村、機動部隊に打電。『発見セル敵ハ空母二、巡洋艦二、駆逐艦四。敵針路二七〇度。〇五三九《マルゴサンキュウ》』」

「『先ニ発見セル敵ハ空母二、巡洋艦二、駆逐艦四。敵針路二七〇度。〇五三九《マルゴサンキュウ》』。機動部隊に打電します！」

井村も、興奮を抑えきれない声で復唱した。

その声に、田端の切迫した声が重なった。

「右後方、敵機！」

「井村、打電を続けろ。何とかかわしてみる」

宇佐美は大音声《だいおんじょう》で命じると共に、エンジン・スロットルを開いた。

三菱「金星《きんせい》」四三型エンジンが高らかに咆哮《ほうこう》を上げ、機体が加速された。

風切り音が高まる中、「打電を続けます！」という井村の復唱が届く。

宇佐美は、左前方にわだかまる雲に機首を向けた。

雲の中に飛び込めば、逃げられる可能性がある。

右後方を振り返ると、追いすがって来る敵機が見える。

まだ距離があり、機体形状ははっきり分からないが、機種の見当はついている。

グラマンF４F〝ワイルドキャット〟。米海軍の主力艦上戦闘機であろう。

零式水偵はエンジン出力を振り絞っているが、彼我の距離はみるみる詰まる。

重いフロート二基を提げた三座機だ。F４Fとは、時速一〇〇キロ以上の速力差がある。

「グラマン、発砲！」

田端が緊張した声で叫んだ。

直後、青白い曳痕がコクピットの右脇を通過し、右主翼を衝撃が襲った。

宇佐美は首を曲げ、右主翼を見た。

翼端付近がささくれたようになり、桁材《けたざい》が覗いている。敵弾は、右の翼端に命中したのだ。

宇佐美は唸り声を発し、なおも雲を目指した。

水偵は被弾によって速力が落ちたが、雲はもう目の前だ。逃げ込めるはずだ。

「打電終了！」

井村が叫んだ直後、風防ガラスが発射炎を反射し、赤く光った。

次の瞬間、宇佐美機は雲の中に飛び込んだ。

機体の後部から、衝撃がコクピットに伝わった。

4

「『飛龍《ひりゅう》』面舵。『蒼龍』続けて面舵」

見張員の報告を受け、「大和」艦長高柳儀八少将は、前方に展開する空母群を見た。

隊列の中央に位置していた、第二航空戦隊の空母「飛龍」と「蒼龍」が面舵を切り、艦首を風上に向けようとしている。

飛行甲板の後部に敷き並べられている攻撃隊――

零戦と九九艦爆は、全機がプロペラを回転させており、今にも飛び出しそうだ。

「流石《さすが》は二航戦。早いですな」

参謀長草鹿龍之介少将が、感心したように言った。

第一航空艦隊の隷下には、第一航空戦隊の「赤城」「加賀」、第二航空戦隊の「飛龍」「蒼龍」、第四航空戦隊の「隼鷹《じゅんよう》」「龍驤《りゅうじょう》」、計六隻の空母がある。一、二航戦の四隻は、真珠湾攻撃に参加し、緒戦の大勝に最も貢献した艦だ。

一航戦は、「大和」の配属前は一航艦司令部が直率していたが、将旗が「大和」に移された後は、新たに第一航空戦隊司令部が編成され、竹中龍造《たけなかりゅうぞう》少将が司令官に任ぜられた。

二航戦は、開戦前から一貫して山口多聞少将が指揮を執っている。一航艦の各戦隊司令官の中でも、最も行き足《いあし》がある指揮官として知られる人物だ。

四航戦は、艦の修理のために戦列から外れた第五航空戦隊に代わる形で、一航艦に編入された。

「隼鷹」は、日本郵船《にっぽんゆうせん》の豪華客船「橿原丸《かしはらまる》」を空母に改装した艦で、常用四八機、補用五機と、正規空母に準じる搭載機数を誇る。

「龍驤」は軍縮条約の制限下で建造された小型空母だ。搭載機数は常用三六機、補用一二機と少ないが、緒戦のフィリピン攻略作戦で、上陸部隊の支援に当たった実績を持つ。

司令官の角田覚治《かくたかくじ》少将は、一航戦の竹中龍造司令官とは江田島の同期に当たる。

航空関係の職に就くのは今回が初めてだが、積極果敢な闘志溢《あふ》れる指揮官として知られていた。

二航戦に続いて、四航戦の「隼鷹」と「龍驤」が艦首を風上に向けている。

最後に転舵《てんだ》したのは、一航戦の旗艦「赤城」と僚艦「加賀」だ。

各艦の飛行甲板からは、攻撃隊が待ちかねていたかのように、続々と発進を開始していた。

「どうも、妙な気分だな。攻撃隊の発進を、戦艦の艦橋から見送るというのは」

　南雲忠一司令長官が、幕僚たちに言った。

「大和」は、隊列の最後尾に位置している。

　空母六隻を含めた一航艦の全艦を、視界内に収められる位置だ。

「指揮官先頭」の原則に従うなら、「大和」は先頭に立つべきだったかもしれないが、機動部隊の戦いは艦隊戦とは異なる。

「旗艦は、艦隊全体に目を配れる位置にいた方がよいでしょう」

　そのような草鹿の具申を容れ、南雲は「大和」を隊列の最後尾に布陣させたのだった。

「『赤城』を旗艦としていたときは、艦上機は身近にあった。攻撃隊の発進は、爆音を間近に聞きながら見送っていた。今は機動部隊の指揮官でありながら、当事者ではなくなったような気がする」

「一航艦隷下の全戦隊を統率するのが、長官のお役目です。現場のことは、各航戦に任せましょう」

「敵空母は二隻だけです。我が方が圧倒的に優勢です」

　草鹿に続いて、源田実航空甲参謀が言った。

　第一次攻撃隊は、一航戦より零戦一八機、九九艦爆三六機、二航戦より零戦一八機、九七艦攻三六機、四航戦より零戦一二機、九九艦爆一二機、九七艦攻一二機だ。

　合計すると、零戦四八機、九九艦爆四八機、九七艦攻四八機。総数一四四機となる。

　真珠湾を叩いたときの攻撃隊よりもやや少ないが、空母二隻を叩くには、充分な数だ。いや、敵全艦の撃沈も不可能ではない――そんな期待が見て取れた。

「敵機動部隊が『桂《けい》』だけとは限らぬ。珊瑚海海戦では、米軍は空母二隻を中心とした機動部隊を二隊繰り出している」

　南雲は言った。

「桂」は、「大和」一号機が発見した敵艦隊に、一航艦司令部が冠した符丁だ。

「索敵線は、一五度置きに張り巡らしております。敵が複数の機動部隊を出撃させているとしても、間もなく発見されると考えます」

吉岡忠一航空乙参謀が言い、源田が後を引き取った。

「各航空戦隊では、第一次攻撃隊の発進が終わり次第、第二次攻撃隊の出撃準備にかかります。第二の敵機動部隊が発見された場合には、第二次攻撃隊をそちらに向ければよいと考えます」

一航艦の司令部幕僚がやり取りを交わしている間にも、攻撃隊の発進は続いている。

各空母とも、既に零戦は発艦を終え、艦爆、艦攻が発艦にかかっている。

九九艦爆は二五番――二五〇キロ爆弾を、九七艦攻は重量八〇〇キロの九一式航空魚雷を、それぞれ胴体下に提げている。

重量物を抱えた艦爆、艦攻は、飛行甲板の前縁を蹴《け》った直後、機体が大きく沈み込むが、すぐに機首を上向け、先に発艦した僚機を追って上昇してゆく。

（真珠湾のときも、こうだったのだろうな）

高柳儀八「大和」艦長は、攻撃隊の出撃を見送りながら、腹の底で呟いた。

空母から攻撃隊が発進する光景には、戦艦の主砲発射とは異なる独特の昂揚感《こうようかん》を覚える。

これが、新しい時代の海戦なのか。勇躍《ゆうやく》出撃していった航空機が、真珠湾で米太平洋艦隊の戦艦群を沈め、マレー沖では英国の最新鋭戦艦「プリンス・オブ・ウェールズ」と巡洋戦艦「リパルス」を葬《ほうむ》ったのか――そんなことを考えながら、高柳は攻撃隊の発進を見送った。

（いずれは、この『大和』も？）

そんな想念が一瞬浮かんだが、高柳はすぐにそれを打ち消した。

「大和」は機動部隊の旗艦となり、空母と共に行動しているのだ。敵機が襲って来ても、直衛の零戦が「大和」に近寄らせない。

零戦の迎撃を突破し、「大和」に肉薄して来る敵機があれば、上甲板に所狭《ところせま》しと装備した高角砲、機銃で一掃するまでだ。

世界最大最強の戦艦が、敵機に沈められるなどあり得ない、と自身に言い聞かせた。

攻撃隊の発進は、ほどなく終わった。

一四四機の攻撃隊が立てる爆音が、東の空へと遠ざかった。

各空母の飛行甲板上では、早くも第二次攻撃隊の出撃準備が始まっている。

各航空戦隊の司令官も、艦長以下の空母乗員も、戦意旺盛《おうせい》だった。

「飛行甲板上に艦上機を並べているときが、一番危険ではないのですか?」

高柳はあることに気づき、草鹿に聞いた。

真珠湾攻撃、インド洋海戦、珊瑚海海戦の戦闘詳報には、高柳も目を通している。

気にかかったのは、インド洋海戦の戦闘詳報だ。

同海戦では、空母が爆弾と魚雷の兵装転換を行っている最中に、英軍機の爆撃を受けている。

そのときは一発の命中もなかったが、万一命中していたら、帝国海軍は虎の子の正規空母を何隻か失ったかもしれない。

航空の専門家ではない高柳の目から見ても、際《きわ》どい状況だったと思うが——。

「機動部隊は今のところ、敵に発見されておりません。仮に攻撃を受けたとしても、頭上には零戦が張り付いております。敵機など、近寄らせるものではありません」

草鹿ではなく、源田がきっぱりとした口調で答えた。階級が上の高柳に対して、遠慮のない物言いだ。

素人は口出し無用、とでも言いたげだった。

「ならばよいが……」

とのみ、高柳は応えた。

零戦の搭乗員とて万能ではない。敵機の接近を見落とすこともあるのではないか、との言葉が喉元《のどもと》までこみ上げたが、それは口にしなかった。

――六隻の空母の飛行甲板上には、格納甲板上の機体が次々と上げられ、零戦、九九艦爆、九七艦攻が敷き並べられて行く。

索敵機が新たな敵機動部隊を発見すれば、そちらに向かうはずだが、今のところ報告電は入っていなかった。

時計の針が七時四五分（現地時間九時四五分）を指したとき、不意に隊列の前方に砲煙が湧き出した。

第一〇戦隊旗艦「長良《ながら》」がいるあたりだ。

上空では、旋回待機していた零戦が次々と増速し、隊列の前方へと向かっている。

見張員の声が、艦橋に飛び込んだ。

「左一五度に敵機。高度三五《サンゴ》（三五〇〇メートル）。機数一。索敵機らしい！」

5

「艦戦隊が合図を送っています」

偵察員席に座る橋本敏男《はしもととしお》中尉が、緊張した声で報告した。

空母「飛龍」の飛行隊長と艦攻隊隊長を兼任する友永丈市《ともながじょういち》大尉は、上空を見上げた。

艦攻隊、艦爆隊の頭上に展開する艦戦隊の何機かがバンクしている。

「飛龍」艦攻隊の左方に位置する「蒼龍」の艦攻隊一番機も、機体を左右に大きく振った。

友永は、左前方に一群の機影を見出した。日本軍の攻撃隊と同様、緊密な編隊形を組んでいる。

敵の搭乗員からも、こちらの姿は見えているだろうが、接近して来る様子はない。

「敵の直衛ではなさそうだな」

友永は言った。

任務は、自分たちと同じだ。一航艦への攻撃に向かおうとしているのだ。

「橋本、艦戦隊の動きはどうか？」

「現在位置を保っています。敵に仕掛ける様子はありません」

「よし！」

友永は大きく頷いた。

思慮《しりょ》の浅い戦闘機乗りには、敵機と見るや、矢も楯《たて》もたまらず突進する者もいるが、艦戦隊の任務は艦爆、艦攻の護衛だ。

各艦の艦戦隊指揮官は、そのことを部下によく言い聞かせ、「独断での任務変更は許さず」と厳命しているのだろう。

敵の戦闘機隊にも、攻撃隊に仕掛けようとする動きはない。

日本軍の戦闘機隊と同様、艦爆、艦攻の護衛に徹するよう、命令を受けているのだろう。

双方の攻撃隊は、敵機に一切手を出すことなくすれ違った。

友永は、大きく息を吐いた。自分が、いつになく緊張していたことに気がついた。

「橋本、現在位置は？」

「ベイツ島よりの方位七〇度、一七九浬。機動部隊からは九〇度、一七〇浬です」

「福田《ふくだ》、機動部隊に打電。『敵戦爆連合ノ編隊、貴方ニ向カフ。位置、貴方ヨリノ方位九〇度、一七〇浬。〇八一六《マルハチヒトロク》（現地時間一〇時一六分）』」

友永は、電信員を務める福田政雄《まさお》一等飛行兵曹に命じた。

「『敵戦爆連合ノ編隊、貴方ニ向カフ。位置、貴方ヨリノ方位九〇度、一七〇浬。〇八一六《マルハチヒトロク》』。機動部隊に打電します」

福田が復唱を返した。

「まっすぐ行けば敵を捕捉できますね」

橋本が、弾んだような口調で言った。

一ヶ月前の珊瑚海海戦では、攻撃隊が目標を誤認し、空母と間違えて給油艦を攻撃するという失敗を犯している。

　今度は、同じような失敗はなさそうだ、と橋本は考えている様子だった。

「貴様の言う通りだが、迎撃は熾烈《しれつ》になることを覚悟しておけ」

　友永は応えた。

　友永機は、敵の攻撃隊が一航艦に向かっている旨を打電したが、敵もまた同様の報告電を、母艦に向けて打ったはずだ。

　敵が、使用可能な全戦闘機を上げて迎撃して来ることは間違いない。

　そのことを考えると、楽観はできなかった。

　八時三一分（現地時間一〇時三一分）、「蒼龍」艦攻隊の指揮官機から発光信号が送られた。

「阿部《あべ》機より信号。『敵艦隊見ユ。左二〇度』」

「来たか！」

　橋本の報告を受け、友永は叫んだ。

　上体を僅かに浮かせ、左前方に視線を向けた。真っ青な海面に、複数の航跡が見える。

　針路は真西。一航艦との距離を詰める方向だ。

「福田、全機宛発信。『敵発見。突撃隊形作レ』」

　福田に命令を伝えながら、友永は敵の陣形を観察した。

　空母二隻を中心とした輪型陣だ。レキシントン級であれば、艦橋の後ろに巨大な煙突がそびえているが、眼下の空母にそれはない。艦橋構造物は、小さくまとまった印象だ。

　おそらくヨークタウン級。「飛龍」「蒼龍」のライバルとも呼ぶべき中型空母であろう。

　各隊に目標を割り当てようとしたとき、上空の艦戦隊が動いた。

　零戦四八機のうち、約七割がエンジン・スロットルを開いて突撃を開始し、残りは艦爆隊、艦攻隊の近くに占位《せんい》する。

　敵艦隊の上空には、陽光を反射し、銀色に輝くものが見える。艦爆、艦攻の搭乗員には、凶刃《きょうじん》の輝きにも等しいきらめきだ。

グラマンF4F〝ワイルドキャット〟が母艦を守るべく、攻撃隊の前方に立ち塞がろうとしている。

（細かく指示する余裕はない）

友永は咄嗟《とっさ》に判断し、早口で福田に命じた。

「全機宛発信。『目標、敵空母一、二番艦。全軍突撃セヨ』」


「最悪のタイミングだ」

空母「エンタープライズ」艦長ジョージ・ミュレー大佐の呻《うめ》き声が、第一六任務部隊《TF16》司令官レイモンド・スプルーアンス少将の耳に届いた。

この日の九時四五分、TF16は偵察機の報告を受信するや、飛行甲板上で待機していた攻撃隊――F4Fとドーントレスの戦爆連合を発進させ、日本艦隊に向かわせた。

ドーントレスで敵空母の飛行甲板を叩き、発着艦不能とした上で、雷撃機――ダグラスTBD〝デバステーター〟を主体とした第二次攻撃隊を送り込み、止めを刺す腹づもりだった。

だが、第二次攻撃隊の準備中に、進撃中の攻撃隊から「J（日本機）群多数、貴隊に向かう」との緊急信が入ったのだ。

「攻撃隊の出撃中止。F4Fの稼働全機を以《もっ》て、敵機を迎撃せよ。飛行甲板上のデバステーターは、格納甲板に下ろせ」

スプルーアンスはそのように命じ、TF16は慌ただしく迎撃態勢を整えた。

「エンタープライズ」「ホーネット」は一六機ずつのデバステーターを搭載している。

全機が燃料タンクを満タンにしている上、雷装のままだ。

敵弾が飛行甲板を貫き、格納甲板に命中したら、誘爆、大火災は必至だ。

ミュレー艦長が言った通り、TF16は最悪のタイミングで攻撃を受けることになったのだ。

艦の安全を第一に考えるなら、デバステーターの海中投棄を命じるべきだったかもしれない。

だが、任務に対するスプルーアンスの責任感が、艦上機の投棄を躊躇わせた。

「F4F全機と各艦の対空砲火、操艦術を以てすれば、被弾を抑えられるはずだ」

との期待もあった。

(自分の判断は正しかったのだろうか?)

自問するスプルーアンスの耳に、見張員の報告が飛び込んだ。

「F4F、交戦を開始しました!」


電信員席の福田一飛曹が打電を終えたときには、艦攻隊は降下を開始していた。

友永は、「飛龍」隊の一七機を敵空母の左舷側へと誘導し、「蒼龍」隊、「龍驤」隊は、敵の右方へと回り込む。

「飛龍」艦攻隊に、零戦三機が追随する。F4Fが向かって来たら、艦攻を守る楯となるのだ。

左上方では、零戦とF4Fが上下に、左右に、目まぐるしく飛び交っている。

複雑に絡み合った飛行機雲を銀翼が切り裂き、かき乱す。

彼我の火箭が交錯《こうさく》し、赤や青の曳痕が、光の紋様《もんよう》を織り上げる。

時折、上空に爆炎が湧き出し、海面に向かって黒煙が伸びる。

「高度一六《ヒトロク》（一六〇〇メートル）……一四《ヒトヨン》……」

偵察員席の橋本が、高度計を読み上げる。数字が小さくなるに従い、海面が近づく。

友永は機体を操りつつ、周囲の空に目を配る。

「飛龍」艦攻隊に向かって来るF4Fはない。艦戦隊は、よくF4Fを牽制《けんせい》しているようだ。

海面との距離を慎重に測りつつ、友永はなおも高度を下げた。

「〇一〇《マルヒト》（一〇〇メートル）！」

の報告を受けたところで、機体を水平に戻し、敵艦隊に機首を向けた。

友永が直率する第一中隊と、角野博治《かどのひろはる》大尉の第二中隊の間では、暗黙の内に役割分担が成立している。

一中隊が二番艦を、二中隊が一番艦を、それぞれ左舷側から狙うのだ。

右舷側からは、「蒼龍」隊、「龍驤」隊が敵空母への雷撃を目指している。

「行くぞ！」

友永は一声叫んで、自身に気合いを入れた。

エンジン・スロットルを開き、突撃を開始した。

「隊長、グラマンです！　正面上方！」

橋本の叫び声を受け、友永は前上方を見た。

F4Fが四機、逆落《さかお》としに突っ込んで来る。乱戦の中から抜け出した機体のようだ。

友永の目には、巨大なハンマーが振り下ろされんとしているように見えた。

直掩《ちょくえん》隊の零戦が速力を上げ、急降下をかけるF4Fの前下方から突進した。

零戦の主翼から、二〇ミリ弾の火箭が噴き延びた。

F4F一機が火を噴くが、残る三機は猛速で突っ込んで来る。

一番機の両翼に発射炎が閃き、青白い曳痕が降って来た。

友永は被弾を予感したが、敵弾は後方に流れた。

敵一番機が機首を引き起こし、上昇に転じる。

福田が七・七ミリ旋回機銃を発射したのだろう、連射音が伝わったが、撃墜の報告はない。元々、旋回機銃の命中率は低い。離脱する敵機を後方から撃っても、効果はほとんど期待できない。

「三番機被弾！」

橋本が報告した。

友永は、ちらと左後方を見やった。

大林行雄《おおばやしゆきお》一等飛行兵曹を機長とする艦攻が、右主翼の付け根付近から火を噴いている。

「了解」

とのみ返答し、友永は正面に顔を向けた。

今は突撃の真っ最中だ。部下を悼《いた》む余裕はない。

Ｆ４Ｆの攻撃は、一度だけで終わった。

代わって対空砲火が、艦攻隊を出迎えた。

輪型陣の外郭《がいかく》を固める巡洋艦、駆逐艦が艦上を真っ赤に染め、周囲で敵弾が炸裂する。

爆風が機体を煽り、ともすれば操縦桿を取られそうになる。

「もっと高度を下げるぞ！」

友永は炸裂音に負けぬほどの大声で叫び、操縦桿を前方に押し込んだ。

九七艦攻が機首を下げ、眼下の海面がせり上がった。

海面が、手を伸ばせば届きそうなほど近くに感じられる。胴体下の魚雷が、波飛沫に叩かれそうだ。

敵弾は、なおも繰り返し炸裂する。

正面で一発が爆発し、黒煙が視界を遮ったかと思うと、機体の左方から爆風が襲い、右の翼端が波頭に接触しそうになる。

「大陸の戦場とは違うな」

機体を操りながら、友永は呟いた。

友永は日中戦争で実戦経験を積んだが、対米開戦時には霞ヶ浦《かすみがうら》航空隊で教官を務めていた。

ＦＳ作戦に先立ち、「加賀」に転属した楠美正《くすみただし》少佐に代わって、「飛龍」の飛行隊長兼艦攻隊隊長に任ぜられた身だ。

米軍と実際に戦うのは、今回が初めてとなる。

敵戦闘機の性能も、対空砲火の激しさも、中国軍のそれとは段違いだ。米国は容易ならぬ敵だとの認識は、開戦以前から持っていたが、いざ戦ってみると、改めてその感を強くする。

「なればこそ、戦い甲斐《がい》のある相手だ！」

自身を鼓舞《こぶ》し、友永は前方を見据えた。

護衛の巡洋艦、駆逐艦が近づいて来る。艦同士の間隔は、一航艦のそれより狭い。艦そのものを壁として、空母を守ろうとしているように見える。

個艦の力よりも、艦隊全体の連携を重視しているようだ。

（我が軍の機動部隊も、見倣《みなら》うべきところだ）

そんなことを考えつつ、友永は敵巡洋艦と駆逐艦の間に突っ込んだ。

泡立つ航跡が一瞬で眼下を通過し、機体は輪型陣の内側に突入する。

敵空母は、多数の発射炎を明滅させながら、急速転回している。

「橋本、後続機どうか？」

「視界内に五機を確認！」

友永の問いに、橋本が即答した。

自機も含めて六機が健在なら充分だ。重量八〇〇キロの鉄と火薬の長ドスが、空母の下腹を抉る。

不意に、敵空母の右舷付近に水柱が突き上がった。

一本だけではない。二本、三本と続けてそそり立つ水柱が、艦橋の高さを超えて伸び上がる。

「隊長、艦爆隊です！」

橋本が歓喜の声を上げた。

「赤城」「加賀」「隼鷹」の艦爆隊が、一足先に投弾を開始したのだ。

水柱は、なおも繰り返し奔騰する。

敵空母の中央付近に二発が続けて命中し、黒い塵《ちり》を思わせる破片が、炎と共に噴き上がる。

更に一発が、前部に命中する。

空母の後方に離脱する機影が、陽光を反射して銀色にきらめく。

複数箇所から噴出した黒煙が、飛行甲板の上で合流し、艦の後方へとなびく。

命中弾は対空火器をも損傷させたのだろう、殺到する曳痕の数が減少している。

「負けちゃおれんな」

友永は、唇の端を僅かに吊り上げた。

艦爆隊は三発を命中させ、敵空母の飛行甲板を破壊すると共に、対空砲火を減殺《げんさい》した。

敵を発着艦不能に陥れるだけではなく、艦攻隊への援護となったのだ。

自分たちがし損じたら、艦爆隊の搭乗員に合わせる顔がない。

友永は、敵空母を睨み据えた。

目標は、後方に火災煙をなびかせながらも回避運動を続けている。第一中隊に向かって来る格好だ。

艦首を魚雷に正対させ、対向面積を最小にしようとしているのだろう。雷撃回避の常道《じょうどう》だ。

「もうちょい……もうちょい……」

急速に膨れ上がる敵の艦体を見据え、友永はぎりぎりまで発射を待った。

「ようーい、てっ！」

一声叫んで投下レバーを引いた直後、艦攻が上昇した。重量八〇〇キロの九一式航空魚雷を投下した反動だ。

友永は操縦桿を前方に押し込み、高度を下げた。機体を左へと旋回させ、敵空母から離脱する。

「うまく行くか？　どうだ？」

友永が呟いたとき、

「水柱一本、いや二本確認！」

福田が弾んだ声で報告した。

やや遅れて、炸裂音が二度連続して伝わった。


魚雷命中の衝撃は、空母「エンタープライズ」の艦体を、艦尾から艦首まで刺し貫いた。

基準排水量一万九八〇〇トンの艦体は激しく震え、金属的な叫喚を発した。

艦橋に被害状況報告が届けられるより早く、二度目の衝撃が襲って来た。

魚雷は一本目とさほど離れていない場所に命中し、「エンタープライズ」の艦尾は、見えざる巨大な足で蹴り上げられたかのように撥《は》ね上げられた。

艦全体が前にのめり、次いで後方に揺り戻される。

緊急事態を告げる警報《アラーム》が、けたたましく鳴り響く。

艦はこの直前まで、雷爆撃回避のために急速転回を行っていたが、速力は大幅に低下し、今にも停止しそうだ。

火災煙は、艦橋にまで侵入して来る。

レイモンド・スプルーアンスTF16司令官は、「エンタープライズ」が甚大《じんだい》な被害を受けたと直感した。

九九艦爆《ヴァル》による攻撃は、被害が飛行甲板や対空火器に留まっており、格納甲板にまでは及んでいない。

スプルーアンスが何より怖れた艦上機の誘爆は免《まぬか》れている。

だが二本の魚雷は、推進軸、舵機室《だきしつ》等、艦の動きを司る機能が集中する艦尾に命中している。

被害は、浸水や速力の低下ぐらいでは済まない可能性大だ。

「司令官、本艦は航行不能です。敵の第二波が来る前に、他艦に移乗なさって下さい」

ダメージ・コントロール・チームのチーフと連絡を取っていたジョージ・ミュレー艦長が言った。

青ざめた顔に、焦慮《しょうりょ》の色が見える。

「エンタープライズ」は、非常に危険な状態に置かれているようだ。

「分かった。近くにいる巡洋艦を呼んでくれ」

スプルーアンスは、落ち着いた声で返答した。

艦の被害状況について、詳しいことは聞かない。

ただ、艦長が航行不能と判断した以上、舵か推進軸を破壊された可能性が高いのだろう、と考えていた。

「艦を救い得ないようであれば、早めに総員を退艦させてくれ。責任は、私が取る」

ミュレーにそう言い置いて、幕僚たちと共に艦橋の出口に足を向けたときだった。

突然「エンタープライズ」の左舷後方で、巨大な炸裂音が連続して轟《とどろ》いた。

反射的に振り向いたスプルーアンスの目に、赤黒い黒煙のわだかまりが映った。

煙は急速に拡大し、周囲の海面を覆《おお》ってゆく。その内側に、ちらほらと躍る赤い光が見える。

「ホーネット」がいるあたりだ。

「『ニューオーリンズ』より受信。『ホーネット』大火災！」

通信室に詰めている通信参謀クリス・テイラー少佐が、泣き出さんばかりの声で報告した。

スプルーアンスは、しばし天を振り仰《あお》いだ。

状況は、概ね想像がつく。格納甲板のデバステーターが誘爆を起こしたのだ。

被弾によって生じた火災が、デバステーターを巻き込んだのかもしれない。

「『ホーネット』に通信——」

スプルーアンスがテイラーに命じようとしたとき、見張員の絶叫が飛び込んだ。

「ヴァル一〇機以上、本艦に急降下！」

「た、対空戦闘！」

ミュレーが泡を食ったような声で叫ぶ。

「まだ、ヴァルが残っていたのか！」

参謀長マイルズ・ブローニング大佐が、信じ難い、と言いたげな声で叫んだ。

（日本軍は時間差攻撃を目論んだのか。それとも、本隊から遅れていた部隊が、今になって戦場に到着したのか）

スプルーアンスは思考を巡らしたが、その間にも残存する両用砲が砲撃を開始している。

飛行甲板の縁に発射炎が閃き、行き足が止まっている「エンタープライズ」の甲板上を砲声が駆け抜ける。

周囲に展開する巡洋艦、駆逐艦も、逆落としに突っ込んで来るヴァルの編隊目がけて猛射を浴びせる。

ダイブ・ブレーキの甲高い音が、「エンタープライズ」の頭上から迫って来た。対空火器による懸命の抵抗に、哄笑《こうしょう》を浴びせているようだった。

「全員、衝撃に備えろ！」

スプルーアンスは、全身の力を喉《のど》に込めて叫んだ。

冷静で理知的と評され、滅多《めった》に声を荒らげることのないスプルーアンスだが、このときばかりは常にない大声で命じていた。

艦橋内の全員が、その場に伏せる。

両用砲の砲声、機銃の連射音を圧するように、ヴァルのエンジン音が艦の真上を通過する。

直撃弾の炸裂音と衝撃が続けざまに襲い、艦全体を揺るがした。

直撃弾を六発まで数えた直後、被弾のそれとは比較にならない強烈な爆発が起こり、スプルーアンスらは真下から突き上げられ、撥ね上げられた。

爆発は一度だけではない。二度、三度と繰り返され、艦橋は上下に激しく揺さぶられた。

飛行甲板を貫いたヴァルの二五〇キロ爆弾が、格納甲板上のデバステーターを襲ったのだ。

一機の誘爆は、二機目、三機目の誘爆を誘う。真っ赤な大蛇《だいじゃ》と化した炎は、格納甲板をのたうち、逃げ惑う乗員を片端から呑み込んでゆく。

ダメージ・コントロール・チームのチーフは声を嗄《か》らして消火を呼びかけるが、消火栓用のホースは既に炎に捲《ま》かれており、消火剤を噴出するポンプも動かなくなっていた。

「エンタープライズ」の火災は消し止めようがなく、この艦が焼けただれた残骸《ざんがい》と化すのは、誰の目にも明らかだった。

6

「ホーネット」航空隊《エア・グループ》の指揮官スタンホープ・リング少佐は、不安に苛《さいな》まれていた。

日本機の大編隊と遭遇したのは、現地時間の一〇時一六分。今より、一時間以上前だ。

リングの見積もりでは、敵機は約一五〇機。うち、三分の二が九九艦爆《ヴァル》と九七艦攻《ケイト》だ。

合計一〇〇機のヴァルとケイトに襲われたら、「ホーネット」も「エンタープライズ」も無事では済まない。

同様の不安は、「エンタープライズ」航空隊《エア・グループ》の指揮官クラレンス・マクラスキー少佐も抱えていることだろう。

いざとなれば、TF17の「ヨークタウン」に着艦するという選択肢はあるが――。

（戦闘機隊を敵に向かわせるべきだったろうか？）

リングは、頭上をちらと見上げた。

攻撃隊には、「エンタープライズ」戦闘機隊《VF6》と「ホーネット」戦闘機隊《VF8》のグラマンF4F〝ワイルドキャット〟、計三二機が護衛に就いている。

彼らを日本機の大編隊に向かわせ、ヴァルとケイトを一機でも墜としていれば、母艦が被害を受けることはなかったかもしれない。

だが「ホーネット」艦長マーク・ミッチャー大佐は、

「攻撃を優先せよ。途中で敵の攻撃隊と遭遇しても、手を出してはならない。空襲には、直衛機と対空射撃で対処する」

と、リングらに言い渡している。

「エンタープライズ」のミュレー艦長も、同じ指示を攻撃隊に与えたはずだ。

自分たちには進撃を続け、日本軍の空母を叩く以外の選択肢はない。

「フェローズ中尉、現在位置は？」

「TF16よりの方位二七〇度、一七〇浬です」

リングの問いに、偵察員のネイサン・フェローズ中尉は返答した。

「あと三〇浬か」

リングは、目標までの距離を口にした。

「エンタープライズ」偵察爆撃機隊《VS6》の三号機が報せて来た日本艦隊の位置は、TF16の西方二〇〇浬だ。

攻撃隊は母艦を飛び立った後、ひたすら西に向かって飛行して来た。

敵は、間もなく視界に入る。

「珊瑚海での失敗を挽回《ばんかい》しましょう、隊長」

「無論《むろん》だ。ハルゼー提督の温情に応えなくてはならんからな」

声をかけて来たフェローズに、リングは応えた。

一ヶ月前の珊瑚海海戦で、「エンタープライズ」「ホーネット」は日本艦隊に対し、二艦合計九八機の攻撃隊を放った。

この時点で、日本軍の無傷の空母は一隻だけであり、全機で攻撃を集中していれば撃沈できたはずだった。

ところが「ホーネット」エア・グループは、航法計算のミスから、「エンタープライズ」エア・グループとはぐれてしまい、敵を発見することなく母艦に戻った。

海戦の勝者は合衆国側だったが、「ホーネット」エア・グループは日本軍と銃火を交えることもなく、勝利に何の貢献もできなかったのだ。

当時のTF16司令官ウィリアム・ハルゼー少将は、

「空母機動部隊同士の戦いが初めてである以上、致し方ない。失点は、次の戦いで挽回すればよい」

と言って、「ホーネット」エア・グループの失敗を咎《とが》めなかった。

クルーたちはハルゼーの言葉に感奮《かんぷん》し、

「次の戦いでは、『エンタープライズ』や『ヨークタウン』の連中を上回る大戦果を上げてやる」

と勇《いさ》み立った。

その時は、間近に迫っている。

リングは、「ホーネット」爆撃機隊《VB8》のドーントレス二三機と、「ホーネット」戦闘機隊《VF8》のF4F二〇機を誘導しつつ、海面に目を凝らしていた。

一一時三二分、

「『ベッキー2』より全機へ。左前方に敵艦！」

VB8の二番機を務めるルイス・フェルナンデス大尉の声が、レシーバーに入った。

リングは僅かに腰を浮かし、左前方を見た。

多数の航跡が、海面に見える。

大小六隻の艦が二列の複縦陣《ふくじゅうじん》を作り、その周囲を多数の護衛艦艇が囲んでいる。

　探し求めていた日本艦隊に間違いない。

「『トム・ソーヤー』より『ハック』『ベッキー』。零戦《ジーク》に厳重注意」

　リングはＶＦ８、ＶＢ８に下令した。

「ホーネット」エア・グループは、まだジークと戦ったことはないが、日本軍の主力艦戦の手強《てごわ》さは、他部隊のクルーから知らされている。

　速力、上昇性能、旋回性能の全ての面で、合衆国の主力艦戦Ｆ４Ｆや、陸軍の主力戦闘機カーチスＰ40〝ウォーホーク〟に優《まさ》っており、両翼には二〇ミリの大口径機銃を装備している。

　一旦食いつかれたが最後、高確率で撃墜される。

　海軍でも陸軍でも、戦闘機隊には、

「ジークとは、単機では戦うな。必ず二機以上で当たれ」

　といった命令が出されていると聞く。

　ドーントレスは胴体下に一〇〇〇ポンド爆弾を抱えており、動きが鈍い。投弾前にジークに襲われたら、ひとたまりもない。

「『ベッキー1』より『トム・ソーヤー』。敵の護衛は戦艦三隻を含んでいます」

「偵察機の報告にあった通りだな」

　ＶＢ８隊長ロバート・ジョンソン少佐の言葉に、リングは応えた。

　輪型陣の外郭に、一際大きな艦が三隻見える。

　最後尾の一隻は、輪型陣の左右を固める艦よりも大きいようだ。

「敵戦艦発砲。最後尾の艦です！」

　フェローズが叫び声を上げた。

　リングは、敵の最後尾に視線を向けた。

　戦艦の艦上に、褐色《かっしょく》の砲煙が見える。

　敵戦艦が発射炎を閃かせ、新たな砲煙が湧き出す。

　褐色の煙は艦の航進に伴い、後方へと流れて消える。

　二秒ほどの間を置いて、三度目の発射炎がほとばしる。

攻撃隊が展開する高度一万フィートまで、砲声が届きそうだ。

「何のつもりだ?」

リングは独語した。

発射炎の大きさや砲煙の量から見て、敵戦艦が主砲を発射したことは間違いない。

だが、今日本艦隊を攻撃しようとしているのは航空機だ。周囲に、合衆国艦艇の姿はない。

敵戦艦は、主砲で航空機を撃ったのだろうか?

「『エドワード』より全機へ。『ヘンドン』目標一、三番艦。『ベッキー』目標二、四番艦」

リングの疑問をよそに、攻撃隊の総指揮を執るクラレンス・マクラスキー少佐の指示がレシーバーに響く。

出撃したドーントレスは、VB6が二九機、VB8が二七機。

マクラスキーは、敵空母六隻全てを叩くには数が不足していると見て、隊列の前方に位置する四隻を目標にすると決めたのだ。

「『トム・ソーヤー』了解」

「『トム・ソーヤー』より『ベッキー』。向かって右に位置する空母二隻を叩く!」

リングはマクラスキーに応答を返し、次いでVB8全機に下令した。

操縦桿に力を込め、右旋回をかけようとしたとき、それは襲って来た。

何かが目の前を通過した、と感じた直後、頭上で巨大な爆発が起きたのだ。

無数の火の粉が、白煙を引きながら漏斗《ろうと》状に飛び、ドーントレス編隊の頭上から襲いかかる。

肉眼では見えないが、弾片も飛散したようだ。

主翼や胴体に命中したらしく、金属的な打撃音がコクピットに伝わる。

「五番機、七番機被弾! いや、他にも三機、もとへ! 四機やられた!」

後席のフェローズが、声をわななかせて報告する。

ほとんど錯乱《さくらん》状態にあるようだ。何機が墜とされたのか、正確に把握しているとは思えない。

被害を受けたのは、ＶＢ８だけではない。

ＶＢ６の頭上でも巨大な爆発が起こり、無数の火の粉が赤い驟雨《しゅうう》と化して、ドーントレス群の頭上から降り注いでいる。

数機が火災を起こしてよろめき、うち三機が機首を大きく下げて、真っ逆さまに墜落する。

コクピットに直撃を受けたのか、火も煙も噴き出すことなく墜落するドーントレスもある。

「『ベッキー６』、火災発生！　熱い、助けてくれ！」

「『ヘンドン７』、右の主翼をやられた。補助翼が吹っ飛んだ。コントロールが利かない！」

「『ヘンドン10』、パイロットがやられた。墜ちる、墜ちる、墜ちる！」

被弾した各機からの通信が交錯する。

「『トム・ソーヤー』より『ベッキー』、各中隊は僚機の把握に努めろ！」

「『エドワード』より『ヘンドン』、うろたえるな！」

リングもマクラスキーも、部下を落ち着かせようと努める。

混乱が鎮《しず》まらぬうちに、二度目の爆発が起きる。

一発はドーントレス群から大きく外れた空域で爆発し、無数の火の粉と弾片を撒き散らしただけで終わったが、もう一発は再びＶＢ８の頭上で炸裂した。

雷鳴さながらの爆発音と共に、無数の火の粉と弾片が降り注ぐ。

今度は編隊の後方を襲ったらしく、リング機を弾片が襲うことはないが、

「被弾五機！　落伍します！」

フェローズが、悲痛な声で報告した。

リングは後方を振り返り、息を呑んだ。

ＶＢ８の数が、ごっそりと減っている。

リング機も含め、二七機あったドーントレスが、半数程度に打ち減らされている。

「『エドワード』より全機へ。散開《ブレイク》！」

マクラスキーの怒鳴《どな》り声がレシーバーに響いたとき、三度目の爆発が起きた。

一発はドーントレス群から離れた空域で爆発したが、一発がVB6を襲った。

みたび、数機のドーントレスが火を噴く。

機首に被弾した機体は黒煙を引きずりながら高度を墜とし、主翼や胴体に被弾した機体は、コントロールを失ってよろめく。

最初の一撃を受けたときと同様、火を噴くことなく墜落してゆくドーントレスもある。

被弾機のクルーが発する悲鳴や怒号《どごう》、助けを求める言葉が、通信波に乗って交錯する。

「マリア！」「ドロシー！」と、本国で帰りを待つ妻や恋人の名を叫ぶ者もいれば、「マミー！」「ダディ！」と、両親に呼びかける者もいる。

「地獄《ヘル》だ。空中の地獄《ヘル・イン・ザ・スカイ》だ」

フェローズのわななく声が伝わって来る。

リングも全く同じ思いだ。


日本軍の戦艦は、主砲から放った新兵器によって、高度一万フィート上空に地獄を現出《げんしゅつ》させたのだ。

それでも、生き残ったクルーは戦意を失っていない。VB8も、VB6も、大きく散開する。

各小隊毎、あるいは単機で、日本艦隊の左右に回り込む。

「ジーク！」

の叫びが、リングのレシーバーに響いた。

フェンシングのサーブルを思わせるスマートな機体が、リングの視界に入って来た。


「よくやった、艦長！」

草鹿龍之介第一航空艦隊参謀長が叫び、南雲忠一司令長官も満足げに頷いた。

「大和」が四六センチ主砲から放ったのは、対空・対地射撃用に開発された三式弾だ。

爆発すると、多数の焼夷榴散弾《しょういりゅうさんだん》と弾片を漏斗状に飛散させ、一定範囲内の複数目標を同時に撃破する。

危害《きがい》直径や焼夷榴散弾、弾片の数は、砲の口径によって異なるが、「大和」の四六センチ砲弾では、四八〇メートルの範囲内に、約一〇〇〇発の焼夷榴散弾と約三〇〇〇発の弾片を飛散させる。

配備が始まったばかりの新兵器であるため、まだ数が少ない。

「大和」には、機動部隊への配属時に六発が供与されただけだ。

高柳儀八「大和」艦長は、一航艦の防空と三式弾の実戦テストを兼ねて、この六発を第一、第二砲塔の各三門から一発ずつ、三回に分けて発射した。

三式弾の搭載時には、

「敵編隊の直中《ただなか》に撃ち込めば、敵機を殲滅《せんめつ》できます」

との説明を受けている。

全機撃墜とまではいかなかったが、「大和」はドーントレス群の直中に三式弾を撃ち込むことで、全体の約半数を撃墜もしくは落伍に追い込み、敵の編隊形を四分五裂《しぶんごれつ》に引き裂いている。

期待通りの効果を発揮したと言ってよい。

三式弾の実戦テストに、高柳は確かな感触を得ていた。

「戦艦の主砲が、対空戦闘に威力を発揮するとは」

源田実航空甲参謀が、意外そうに言った。

帝国海軍でも名うての航空主兵主義者だ。「大和」の通信能力と水上機の運用能力には期待していたようだが、火力、特に四六センチ主砲に期待するような言動は一言もなかった。

だが、三式弾が戦果を上げたことで、多少は認識を改めたようだ。

「本艦には名人がいるのでな」

高柳は微笑した。

「大和」の方位盤射手を務める村《む》田《ら》元輝《たもとてる》兵曹長は、帝国海軍でも一、二を争う引き金引きであり、主砲射撃戦技訓練では三年連続で優勝した経験を持つ。その技量を後進に伝えるべく、海軍砲術学校の特修科教官も務めている。

本来の専門は、敵の水上艦艇に対する射撃であり、三次元の機動を行う航空機に対する射撃は勝手が違うと思われたが、「大和」に三式弾が供与されてから、村田は主砲による対空射撃についても、熱心に取り組んでいた。

対空射撃訓練の期間は短かったが、村田は入念な訓練を積み、三式弾による初の砲撃で戦果を上げたのだ。

「大和」にとっては欠くべからざる人材であり、高柳にとっては、これ以上望めぬほどの優秀な部下だった。

「敵一機撃墜！　また二機撃墜！」

艦橋見張員の報告を受け、高柳は上空を見上げた。

直衛の零戦が、散り散りになった敵機を攻撃しているのだ。

一航艦の前方上空に二度、三度と爆炎が湧き、海面に向かって黒煙が伸びる。

空中の戦場は、柔道の乱取りさながらの混戦になっているが、零戦は卓越した運動性能を活かして敏速に飛び回り、次々と敵機を墜としている。

「輪型陣の外側で食い止められるかな？」

「全機の阻止は無理です。敵機は、ばらばらになって突入して来ます」

草鹿龍之介参謀長の一言に、源田実航空甲参謀が言った。

急降下爆撃は、艦爆が斜め単横陣を組み、指揮官機を先頭に一本棒となって突っ込んで来るのが常道だ。二番機以降の機体は、指揮官機の弾着を見て機位を修正する。

だが編隊を崩された上、零戦に次々と墜とされている敵機に、その余裕はない。

彼らは、せめて空母に一太刀《ひとたち》浴びせんと、個別に突撃して来るのだろう。

アメリカ海軍 SBD「ドーントレス」

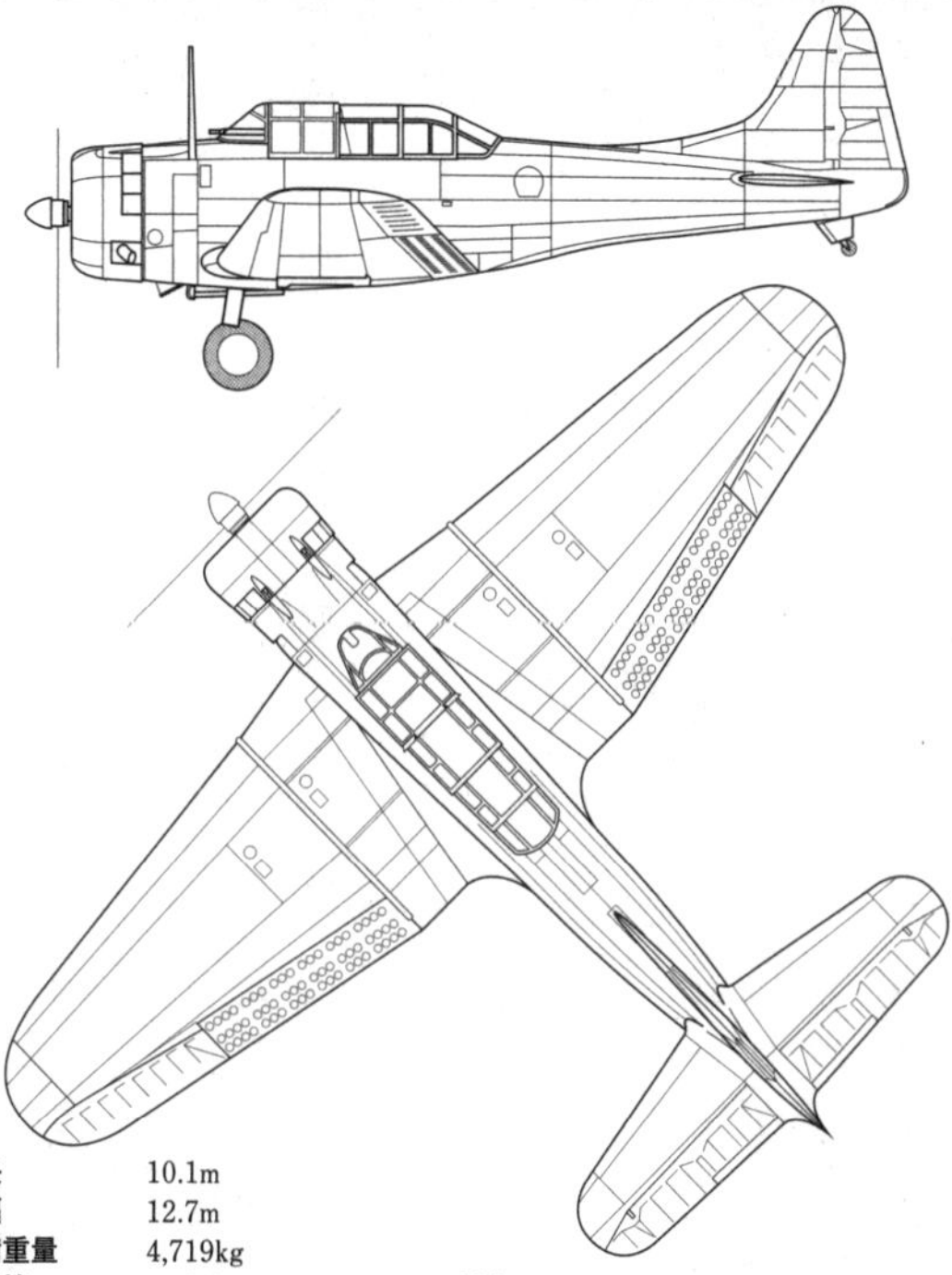

全長	10.1m
翼幅	12.7m
全備重量	4,719kg
発動機	ライト R-1820-52 1,000馬力
最大速度	402km/時
兵装	12.7mm機銃×2丁（機首固定）／7.62mm機銃×2丁（後席旋回） 800kg爆弾×1（最大）
乗員数	2名

ノースロップ社が開発し、ダグラスが改良と生産を行ったアメリカ海軍の主力艦上爆撃機。頑丈な機体に加え、フラップを兼ねた大型のダイブ・ブレーキにより急降下時の操縦性も良好で、非常に完成度の高い機体と言われる。さらには、機首に12.7ミリ機銃２丁、後席に7.62ミリ機銃２丁を備え、自衛火力も充実している。事実、1941年12月７日（現地時間）の早朝、真珠湾攻撃に向かう日本軍機と交戦、戦果を挙げた記録が残されている。

海軍の主力が戦艦から航空機へと移る現在にあって、本機の果たす役割は大きく、さらなる量産と改良が続けられると思われる。

「艦長より砲術。副砲、高角砲で空母を援護できるか？」

「可能ですが、一、二航戦とは距離があるため、射撃精度は落ちます」

「構わん。副砲、高角砲にて空母を援護せよ。発砲の時機判断は任せる」

射撃指揮所に詰めている砲術長松田源吾《まつだげんご》中佐の答を受け、高柳は下令した。

「副砲、高角砲にて空母を援護します」

松田は、高柳の命令に復唱を返した。

輪型陣の前方では、対空戦闘が始まっている。

最前列を固める第一〇戦隊の軽巡「長良」と、第四駆逐隊の陽炎《かげろう》型駆逐艦が艦上に発射炎を閃かせ、次いで第三戦隊の高速戦艦「榛名《はるな》」と「霧島」が、一二・七センチ高角砲を撃ち始める。

それらは、敵機を搦《から》め捕ることはできなかった。

ドーントレスは湧き立つ爆煙を吹き飛ばし、「長良」や四駆の駆逐艦の頭上を通過し、「赤城」「加賀」に接近して来た。

「赤城」艦長青木泰二郎《あおきたいじろう》大佐と「加賀」艦長岡田次作《おかだじさく》大佐は既に転舵を命じていたのだろう、「赤城」が右に、「加賀」が左に、それぞれ艦首を大きく振った。

両艦の飛行甲板の縁に発射炎が閃き、上空に新たな爆煙が湧き出す。

回頭しながらの対空砲火に、命中はほとんど期待できないが、敵を牽制し、照準を狂わせることは可能かもしれない。

ドーントレスが、次々に機体を翻した。

一機が急降下に移る度、下腹が陽光を反射し、銀色に輝く。あたかも「赤城」「加賀」に振り下ろされんとしている刃のようだ。

艦橋の前から発射炎がほとばしり、下腹にこたえるような砲声が轟いた。

第二砲塔と艦橋の間に位置する一番副砲と、左右両舷に装備する二、三番副砲が砲撃を開始したのだ。

「大和」の一五・五センチ副砲は、元は最上《もがみ》型軽巡洋艦の主砲として装備されていたが、同型の主砲が二〇・三センチ連装砲塔に換装されたとき、大和型戦艦の副砲に転用されている。

水上砲戦での使用が主目的であるため、対空射撃には不向きだが、松田砲術長は、急降下中のドーントレスを横合いから叩くつもりで砲撃を命じたのだろう。

副砲にやや遅れて、艦橋の両脇から新たな砲声が届く。

左右両舷に三基ずつを装備する一二・七センチ連装高角砲のうち、敵を射界に捉えている一、二番砲門を開いたのだ。

急速転回する「赤城」「加賀」目がけ、ドーントレスが降下する。

そのドーントレスに向け、一五・五センチ砲弾九発、一二・七センチ砲弾四発が、大気を貫いて飛翔する。

副砲弾が、先に爆発した。

「赤城」の頭上で六発、「加賀」の頭上で三発がそれぞれ爆発し、降下するドーントレスと空母の間に、黒い爆煙が湧き出した。

続いて、一二・七センチ高角砲弾が炸裂する。

「赤城」「加賀」の頭上に二発ずつだ。

空中の二箇所、ドーントレスの面前に閃光が走る。降下するドーントレスの機体が、黒い爆煙をかき乱し、突っ切る。

「駄目か！」

高柳は呻いた。

火を噴く敵機は、一機もない。全機が「赤城」「加賀」に向かって、降下を続けている。

隊列の最後尾からの砲撃では、射撃精度を確保できないのだ。

「赤城」「加賀」の艦上から、何条もの火箭がほとばしっている。二五ミリ連装機銃の対空射撃だ。

敵機から空母を守る、最後の楯だった。

「赤城」に突っ込んで来たドーントレス一機が火を噴いてよろめく。

続いて「加賀」の頭上で、ドーントレス一機が左の主翼をもぎ取られ、錐揉み状に回転しながら墜落する。

撃墜は、その二機だけだ。残りは「赤城」「加賀」に突っ込んで来る。

ドーントレスが、引き起こしをかけた。

「赤城」や「加賀」の頭上で急降下から上昇へと転じ、離脱にかかった。

(かわせるか？　どうだ？)

高柳は両手の拳《こぶし》を握りしめながら、「赤城」「加賀」を見守った。

二機目のドーントレスが上昇に転じたとき、敵一番機の爆弾が落下し、「赤城」の右舷艦首付近に巨大な水柱を噴き上げた。

二発目、三発目が続けて落下する。

「赤城」の飛行甲板に、直撃弾の閃光が走ることはない。至近弾となる敵弾はあるものの、「赤城」は回避に成功している。

「加賀」も同じだ。敵弾は、艦の右舷付近、あるいは左舷付近に落下するものの、命中弾は一発もない。

熟練した剣士が、敵の斬撃《ざんげき》を紙一重《かみひとえ》でかわしているようだ。

最後の一発が「加賀」の後方に落下し、海水を奔騰させただけに終わった直後、

「敵四機、『飛龍』に接近！」

「敵三機、『蒼龍』の右三〇度！」

艦橋見張員が、新たな報告を上げる。今度は、二航戦が標的だ。

「砲術より艦長、二航戦を援護します」

松田が落ち着いた声で報告した直後、再び「大和」の艦上に砲声が轟いた。

三基の一五・五センチ三連装副砲から九発の射弾が飛び出し、一、二番高角砲から四発の一二・七センチ砲弾が放たれる。

高角砲の砲撃は、第二射、第三射と連続する。

回避運動の開始は、「蒼龍」が先だった。

「赤城」の後方に位置していた艦が右に大きく艦首を振り、僅かに遅れて「飛龍」が左舷側に回頭を始めた。

空母の左右両舷に展開する護衛艦艇も、砲撃を開始する。

第八戦隊の重巡「利根」「筑摩《ちくま》」が砲門を開き、重巡の前後に位置する第一〇駆逐隊の夕雲《ゆうぐも》型駆逐艦四隻も発射炎を閃かせる。

二航戦の二隻に向けて降下するドーントレスの周囲で、「大和」の副砲弾、各艦の高角砲弾が炸裂し、黒い花を思わせる爆煙が湧き出した。

「飛龍」を狙うドーントレス一機が火を噴いてよろめくが、後続するドーントレスは降下を続ける。回頭する「蒼龍」と「飛龍」の真上から、逆落としに突っ込んで来る。

「蒼龍」「飛龍」が、機銃による応戦を開始した。

飛行甲板の縁に多数の発射炎が閃き、無数の曳痕が、ドーントレスの真下から突き上がった。

「蒼龍」に向かっていたドーントレスが、正面から機銃弾を受けたのか、投弾コースから大きく外れる。

続いて、「飛龍」を狙っていたドーントレスが複数の火箭を集中され、機首から火焔を噴出する。

残存するドーントレスが、次々に機首を引き起こした。

この直前まで、体当たりせんばかりの勢いで「蒼龍」「飛龍」に突進していたドーントレスが、目標に背を向け、一目散《いちもくさん》に避退してゆく。

「蒼龍」「飛龍」の周囲に、弾着の水柱が奔騰した。

「蒼龍」の至近に一本、「飛龍」の至近に二本だ。

水柱が崩れたときには、二隻の空母は健在な姿を見せている。

「『飛龍』『蒼龍』に命中弾なし！」

「いいぞ」

高柳は頷いた。

一航戦の「赤城」「加賀」に続いて、二航戦の「飛龍」「蒼龍」も敵弾をかわしたのだ。

「敵も勇敢だな」

「惜しむらくは、勇気に腕が伴っていないことです」

一航艦司令部では、草鹿と源田が言葉を交わしている。

「余裕だな、甲参謀は」

源田の言葉を聞き、高柳は呟いた。

一航艦は、まだ一隻も被害を受けていない。空母は元より、戦艦、巡洋艦、駆逐艦も全艦が健在だ。

味方艦、特に空母が被弾していたら、敵の技量不足を惜しむ言葉は出て来なかったであろう。

南雲は何も言わない。黙って長官席に腰を下ろし、「大和」の前方に展開する空母群を見つめている。

「敵三機、『加賀』に急降下！」

「敵二機、『飛龍』に急降下！」

見張員が、新たな報告を上げる。


空襲は、終わったわけではない。投弾を終えていないドーントレスが残っている。

「大和」の一五・五センチ副砲、一二・七センチ高角砲が新たな咆哮を上げる。

「加賀」に突進するドーントレスの面前に、副砲弾の爆炎が湧き出し、「飛龍」の頭上には、高角砲弾の爆煙が漂う。

ドーントレスは、よろめく様子を見せない。

「加賀」と「飛龍」に、真一文字に突進し、飛行甲板や艦橋の真上で引き起こしをかける。

「飛龍」の右舷側海面に水柱が上がったところで、空襲が終わった。

「敵機、避退します！」

「通信より艦橋。一航戦司令部より入電。『〈赤城〉〈加賀〉損害ナシ』。二航戦司令部も『〈飛龍〉〈蒼龍〉トモ戦闘・航行ニ支障ナシ』と報告しています」

「切り抜けたか」

二つの報告を受け、南雲が安堵《あんど》の息をついた。

空母が被弾するのではないか。珊瑚海海戦の二の舞にならないか――そのように考えると、気が気ではなかったのだろう。

だが、第一航空艦隊は空襲を凌《しの》ぎ切った。

一〇〇機前後の戦爆連合に襲われたにも関わらず、被害を最小限に抑えたのだ。

「長官、我が軍は勝ちつつあります」

草鹿が、力のこもった声で言った。

一航艦が空襲を受ける前、「大和」の通信室は攻撃隊の報告電を受信した。

「桂」を捕捉した攻撃隊は、空母二隻に爆弾と魚雷多数を命中させ、大火災を起こさせたとのことだ。

この二隻が沈没することは、確実と言ってよい。

それだけではない。

索敵機が七時五二分（現地時間九時五二分）、空母一隻を擁する第二の敵機動部隊を発見している。

一航艦司令部では、新たな敵に「香《きょう》」の呼称を定め、待機していた第二次攻撃隊を向かわせた。

一航戦から零戦一八機、九七艦攻四五機、二航戦から零戦一二機、九九艦爆三六機、四航戦から零戦一二機、九九艦爆九機、九七艦攻六機だ。

機数は第一次攻撃隊よりやや少ないものの、空母一隻を叩くには充分な戦力だ。

発見された敵空母全ての撃沈という快挙は、目の前にある。

草鹿は、勝利を確信している様子だが――。

「戦争では何が起きるか、最後まで分かりません。未発見だった第二の敵機動部隊が出現し、『瑞鶴』が痛打を浴びたのは、珊瑚海海戦の終盤です。油断は禁物です」

「甲参謀の言う通りだ。警戒は、怠らぬようにしよう」

きっぱりとした源田の言葉を受け、南雲が頷いた。

海面では、直衛機の収容作業が始まっている。

零戦が燃料、弾薬の補給のため、空母に降りているのだ。

直衛機の数は、二航戦の「飛龍」「蒼龍」から六機ずつと、四航戦の「龍驤」から一八機だ。「龍驤」は、搭載している零戦全機を直衛に充てている。

先の戦闘で、直衛機にも未帰還機が出たと思われるが、残存機の数については、まだ報告が届いていなかった。

上空から直衛機が姿を消したとき、通信室に詰めている通信参謀小野寛治郎少佐から、切迫した声で報告が飛び込んだ。

「哨戒中の水偵より受信！　『敵戦爆連合ノ編隊、機動部隊ニ向カヒツツアリ。位置、機動部隊ヨリノ方位七五度、五〇浬。一〇一六《ヒトマルヒトロク》（現地時間一二時一六分）』。あと一五分ほどでやって来ます！」

7

「艦爆全機に打電。『〈蒼龍〉隊目標、敵巡洋艦二、四番艦。〈飛龍〉隊、〈隼鷹〉隊目標、敵巡洋艦一、三番艦』」

空母「蒼龍」の飛行隊長兼艦爆隊隊長江草隆繁《えぐさたかしげ》少佐は、偵察員の石井樹《いしいいつき》飛行兵曹長に命じた。

第二の敵機動部隊――一航艦司令部の呼称「香」が発見されたのは、七時五二分。第一次攻撃隊が発進してから二時間近く後だ。

位置は、ベイツ島よりの方位六一度、二四〇浬。機動部隊からは七五度、二二五浬となる。敵「桂」部隊よりも北寄りだが、距離はさほど変わらない。

機動部隊の空母六隻は直ちに第二次攻撃隊の出撃準備にかかり、八時一六分（現地時間一〇時一六分）、戦爆連合一三八機が飛び立った。

江草は、第二次攻撃隊の艦爆全機を統率している。

最優先目標である空母は、一隻しかいない。第二次攻撃隊の九九艦爆四五機、九七艦攻五一機で攻撃を集中すれば、戦力が過剰になる。

艦爆隊は輪型陣の外郭を固める護衛艦艇、特に火力が大きい巡洋艦を叩き、艦攻を支援する方が得策だ。

「『〈蒼龍〉隊目標、敵巡洋艦二、四番艦。〈飛龍〉隊、〈隼鷹〉隊目標、敵巡洋艦一、三番艦』。艦爆全機に打電します」

石井が復唱を返した。

「突撃隊形作レ」

の命令電が、攻撃隊総指揮官を務める「赤城」飛行隊長兼艦攻隊隊長村田重治《むらたしげはる》少佐から送られて来る。

真珠湾攻撃では、第一次攻撃で雷撃隊を率い、敵戦艦の土手っ腹に魚雷を叩き込んだ指揮官だ。

航空雷撃では帝国海軍随一の名手であり、「雷撃の神様」と呼ばれている。

江草とは、江田島の同期生だ。

艦攻隊が左右に分かれ、高度を下げ始める。

艦爆隊は各中隊毎に、斜め単横陣を形成する。

艦戦隊は、一、四航戦の三〇機が、艦攻隊と共に低空に降り、二航戦の一二機は艦爆隊に付き従っていた。

「敵の直衛はどうした？」

江草は周囲を見渡し、訝った。

敵艦隊からも、攻撃隊の姿は見えているはずだ。

一隻だけとはいえ、正規空母を擁する敵艦隊が、直衛機を出さないというのは考えられないが――。

「打電完了！」

「指揮官機より受信。『全軍突撃セヨ』」

石井が送った二つの報告が、江草の思考を中断させた。

敵戦闘機がいないのなら、もっけの幸いだ。直衛機が駆け付けて来る前に、片付けてやる。

「行くぞ！」

江草は一声叫び、機体をバンクさせて後続機に合図を送った。

向かって左に位置する敵艦に狙いを定め、「蒼龍」隊を誘導した。

「突撃路を開くぜ、村田」

降下しつつある艦攻隊の指揮官に、その言葉を投げかけた。

輪型陣の外郭に、多数の発射炎が閃く。

数秒の間を置いて、艦爆隊の前方や左右に爆発光が走り、黒煙が湧き出す。

対空砲火の密度は、かなり高い。一度ならず、機体が爆風に煽られる。

かと思えば、飛び散った弾片が主翼や胴に命中し、打撃音がコクピットに響く。

(こいつが米軍の対空砲火か)

江草は舌を巻いた。

敵「香」部隊は、中央の空母と周囲の巡洋艦、駆逐艦を合わせて一二、三隻であり、決して多いとは言えない。にも関わらず、高角砲弾は間断《かんだん》なく突き上がって来る。

対空火器の装備数が多いのか。あるいは、装塡時《そうてん》間が短いのか。いずれにしても、侮《あなど》り難い敵だ。

「四番機被弾！　六番機被弾！」

石井の報告に、江草は「了解」とのみ返答する。

目標への投弾が最優先だ。他のことに気を回す余裕はない。

敵弾が次々と炸裂し、爆風に煽られながらも、江草は敵巡洋艦の四番艦に狙いを定めた。

急降下爆撃の教範《きょうはん》通り、左主翼の前縁を目標に重ねた。エンジン・スロットルを絞り、操縦桿を前方に押し込んだ。

九九艦爆が機首を大きく下げ、降下を開始した。

「後続機どうか？」

「本機に続けて降下します！」

「よし！」

江草は目標から目を逸《そ》らすことなく、石井の返答に応える。

敵弾がなおも炸裂するなか、九九艦爆は敵巡洋艦を指して、まっすぐに降下してゆく。

敵は、回避する動きを見せない。艦爆が空母を狙うと考え、転舵をしなかったのかもしれない。

「二六《フタロク》（二六〇〇メートル）！　二四《フタヨン》！」

日本海軍 九九式艦上爆撃機

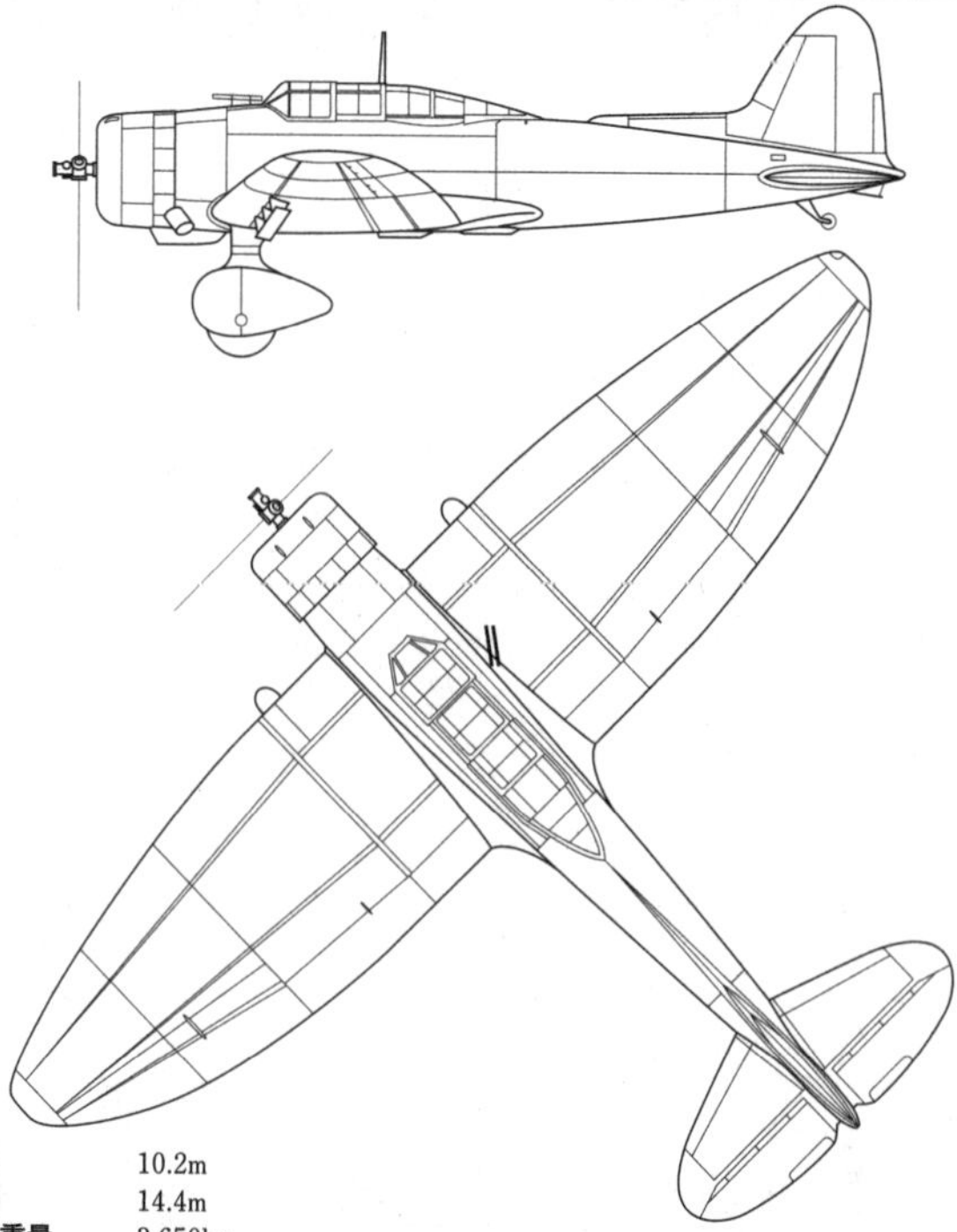

全長	10.2m
翼幅	14.4m
全備重量	3,650kg
発動機	三菱「金星」四四型 1,070馬力
最大速度	382km/時
兵装	7.7mm機銃×2丁（機首固定）／7.7mm機銃×1丁（後席旋回） 250kg爆弾×1（最大）
乗員数	2名

日本海軍の主力艦上爆撃機。九六式艦上爆撃機の後継として中島飛行機、三菱航空機、愛知航空機の三者が開発競争を行った結果、愛知航空機の堅実な設計が評価され、昭和14年12月に制式採用された。全金属製の単葉機ではあるが、爆弾搭載量が少ないこと、最高速度が時速300キロ台であることなど、性能面では不足な部分も目立ち、海軍はすでに本機の後継となる十三試艦爆を開発中である。しかし、素直な操縦特性に加え、急降下時の安定性には定評があり、現場での評価は高い。

石井が、高度計の数字を読み上げる。敵弾の炸裂音と風切り音に負けまいとしてだろう、怒鳴るような大声だ。

江草は返答することなく、降下を続ける。

照準器の白い環に収まっていた目標が、高度が下がるにつれて拡大し、環の外にはみ出す。

敵艦の前上方から降下しているため、操縦桿を操作し、降下角を深めに調整する。

ともすれば、身体が操縦席から浮き上がり気味になり、照準の困難さが増す。

「隊長、艦攻隊が！」

高度が一五〇〇メートルを切ったとき、石井が叫び声を上げた。

江草は、輪型陣の外側に視線を逸らした。

艦攻隊は横一線に展開し、輪型陣の内側に突入を図っている。

その艦攻隊が、一機、二機と火を噴き、海面に飛沫を上げている。

艦攻隊の前上方、あるいは後ろ上方から、熊蜂《くまばち》のようなずんぐりした機体が襲いかかり、火を噴かせているのだ。

「グラマンか！」

江草は、思わず罵声を漏らした。

敵の直衛機は艦攻を叩くべく、低高度域で待機していたのだ。

魚雷の破壊力は、艦爆の二五番より遥かに大きい。

敵の戦闘機隊指揮官は、脅威が大きい雷撃を阻止すべく、低空で艦攻隊を待ち受けたのだろう。

（艦爆も空母に向けるべきだった。戦力が過剰などというのは、思い上がりだった）

江草は後悔したが、艦爆隊は既に急降下に入っている。最初に決めた通り、巡洋艦を狙う以外にない。

「一二《ヒトフタ》（一二〇〇メートル）！　一〇《ヒトマル》！」

石井は、高度を報告する。

下からは高角砲弾に代わり、何条もの火箭が突き上がっている。

距離が詰まったため、対空機銃座が射撃を開始したのだ。

真っ赤な握り拳を思わせる曳痕が多数、江草機に殺到して来る。焼けたコークスを投げつけられるようだ。

反射的に目を背《そむ》けたくなるが、江草は照準器を通じて、目標を睨み据えている。

がっしりした、箱形の艦橋を持つ艦だ。三連装の主砲塔を三基装備している。

おそらくニューオーリンズ級の重巡であろう。

「用意！」

「〇四《マルヨン》（四〇〇メートル）！」

江草自身の声に、石井の報告が重なった。

「てっ！」

一声叫び、爆弾の投下レバーを引く。

機械的な動作音と共に、機体が軽くなる。

江草は、操縦桿を手前に引く。

敵の動きに合わせて降下角を深めたためだろう、操縦桿が恐ろしく重い。機体に固着したかのように動かない。

江草は歯を食いしばり、渾身《こんしん》の力で操縦桿を引き続ける。

動いた。

機首が僅かに持ち上がり、敵重巡が視界の外に消えた。

九九艦爆がじりじりと機首を引き起こし、急降下から緩降下、更には水平飛行へと転じる。

同時に、強烈な遠心力が全身を締め上げ、意識が遠のきそうになる。

艦爆の搭乗員にとっては、最も危険な状態だ。このようなときに敵機に攻撃されたら、回避運動をする間もなく撃墜される。

江草は機体を水平に戻し、機首を敵艦隊の後方に向けた。

機体は、海面すれすれの高度まで降りている。雷撃をかけようとする艦攻さながらだ。

もう少し、操縦桿を引くのに手こずっていたら、海面に突っ込んでいたかもしれない。

「目標に二発、いや三発命中！」

「了解」

石井が歓声混じりの声で報告し、江草はごく短く返答した。

戦果を喜ぶ気にはなれない。

重巡を攻撃したのは、艦攻隊を支援するためだ。艦攻隊が敵空母への雷撃を成功させねば、目標を巡洋艦に変更した意味がない。

「石井、敵空母はどうだ？　水柱は確認できるか？」

「少し待って下さい」

江草の問いに、石井はそう返答した。

江草機が敵の射程外に脱し、上昇に転じても、石井の報告はなかった。

（駄目か？　巡洋艦を攻撃したのは失敗だったか？）

江草が危惧したとき、

「敵空母の左舷に水柱確認！」

石井が新たな報告を上げた。

「一本だけか？」

江草は聞き返した。

「いえ、三本を確認しました」

「三本か。微妙だな」

石井の報告を受け、江草は呟いた。

命中三本では、大破に留まる可能性がある。あと一、二本の命中が欲しいところだ。

だが、艦爆隊には如何《いかん》ともし難かった。

「巡洋艦はどうだ？　何隻を仕留めた？」

「三隻が火災を起こしています」

「いいだろう」

江草は、石井に返答した。

艦爆四五機で巡洋艦四隻を狙い、三隻に命中弾を得たのだ。

艦爆隊としては、満足できる戦果と言えた。

数分後、江草機から報告電が飛んだ。

「我、敵『香』部隊ヲ攻撃ス。巡洋艦三隻ノ撃破ヲ確認ス。一〇四〇《ヒトマルヨンマル》（現地時間一二時四〇分）」

8

第二次攻撃隊の報告電が、「大和」を始めとする各艦の通信室で受信されたとき、第一航空艦隊は対空戦闘のさなかにあった。

燃料、弾薬の補給を終えた零戦が発進し、上空から迫る敵機に挑みかかる。

各艦の艦上に高角砲の発射炎が閃き、砲声が連続して轟く。

隊列の最後尾に位置する「大和」も、前方に指向可能な副砲と高角砲を空母の頭上に向け、砲声を繰り返し轟かせる。

空母の前方上空で、一五・五センチ砲弾、一二・七センチ砲弾が炸裂し、無数の弾片を飛び散らせる。

今しも降下しようとしていたドーントレスが一機、黒煙を噴き出しながらよろめく。

ふらつきながらも高角砲の射程外に脱出したドーントレスに零戦が取り付き、両翼から射弾を浴びせる。既に傷ついていたドーントレスは止めを刺される格好になり、真っ逆さまに墜落する。

「伝令！」

三番高角砲の伝令を務める青木《あおき》治《おさむ》三等水兵が、うわずった声を上げた。

呉海兵団での基礎訓練修了後、最初の配属先が「大和」になった新兵だ。初めての実戦で緊張していることが、声からも分かる。

「五分隊長より命令。目標、右四五度、高度三〇《サンマル》の敵降爆！」

「目標、右四五度、高度三〇の敵降爆。高射指揮所に復唱を伝えろ」

砲台長の矢部亮介一等兵曹は、三番高角砲を受け持つ全員に大声で命じ、次いで青木に下令した。

左右両舷に一基ずつが装備されている九四式高射装置から、射撃諸元が送られて来る。

旋回手の川崎猛夫二等兵曹、俯仰《ふぎょう》手の友親三郎《ともちかさぶろう》二等兵曹が旋回ハンドルを回し、三番高角砲の向きと砲身の仰角《ぎょうかく》を調整する。

「目標は『大和』か」

右前方を見上げた矢部の口から、その一言が漏れた。

一〇機以上が、右前方から「大和」に接近して来る。一航艦を襲ったドーントレスの約半数が、「大和」を狙っているのではないか。

「目移りする奴もいるんだな」

「『大和』は目立ちますからね」

独語した矢部に、川崎が言った。

機動部隊同士の戦闘であれば、最優先目標は空母となるが、「大和」は帝国海軍のみならず、世界最大の戦艦であり、空母以上の存在感を有している。

空母よりも「大和」を叩きたいとの誘惑に駆られた搭乗員が多かったのか。あるいは「大和」の対空砲火を脅威と見て、叩こうと考えたのか。

（今は、敵機を墜とすことだ）

矢部は自身に言い聞かせ、照準器を通じて敵機を見据えた。

ドーントレスの一番機が機体を翻し、二番機以下が続く。

敵機の動きは、かなり速い。前部が太く、後部が細い独特の胴体が、照準器の環の中で拡大する。

最初に伝えられた高度は三〇〇〇メートルだが、みるみる二五〇〇、二〇〇〇と迫って来る。

「喰らえ！」

敵機の高度が二〇〇〇を切ったところで、矢部は引き金を引いた。

先の対空戦闘同様、強烈な砲声と共に、高角砲台が震える。

主砲よりも遥かに口径が小さい一二・七センチ高角砲だが、発射したときの反動は、決して軽視できるものではない。

尻の穴から胃袋のあたりまでが、痺《しび》れるような気がする。

次弾は直ちに装塡され、五秒ほどの間を置いて、第二射が放たれる。

三番高角砲だけではない。両隣の一、五番高角砲も、重量二三キロの一二・七センチ高角砲弾を高みに向かって撃ち上げる。

「敵二機撃墜！」

繰り返される砲声、上空から届く炸裂音の合間を縫うように、青木が高射指揮所からの報告を伝える。

矢部は、口だけで「了解」と返答し、目は敵機を追い続ける。

敵機は、急速に距離を詰めて来る。

僚機の被弾・墜落に臆した様子はない。「大和」の真上から、逆落としに降って来る。

ダイブ・ブレーキの甲高い音が聞こえ始めた。

僅かに遅れて機銃の連射音が響き、多数の火箭が突き上がり始めた。

二五ミリ三連装機銃座が射撃を開始したのだ。

右舷三基の一二・七センチ高角砲は、およそ五秒置きに射弾を撃ち上げ、四基の二五ミリ機銃座は、間断なく二五ミリ弾を発射する。

「更に敵一機撃墜！」

青木が報告する。

高角砲と機銃、どちらの戦果かは分からない。

はっきりしていることは、「大和」を狙う敵機がまた一機減ったということだ。

ダイブ・ブレーキ音が更に拡大した。

照準器の環の中で、敵機が急速に膨れ上がった。

（間に合わん。駄目だ）

被弾を覚悟したとき、ダイブ・ブレーキ音が爆音に変わり、猛々《たけだけ》しい音が「大和」の頭上を抜けた。

一機、二機と、ドーントレスが引き起こしをかける。二機目が通過した直後、一発目が右舷至近に落下する。

そそり立つ巨大な海水の柱が、矢部の目にははっきり見えた。

距離は近いが、爆圧はほとんど感じない。六万四〇〇〇トンの基準排水量を持つ「大和」の巨体は、至近弾を一発食らった程度では揺るがない。

続けて右後方から二度連続して、弾着の水音、水中爆発の音が届く。

それが収まったとき、前方から金属的な打撃音が届いた。

若干《じゃっかん》の間を置いて、炸裂音が伝わった。

(命中した。だが――)

肉眼では見えなかったが、矢部は状況を察知した。

敵弾は「大和」の主砲塔に命中したが、分厚い装《そう》甲鈑《こうばん》が貫通を許さなかったのだ。

弾き返された敵弾は、海面に落下する途中で爆発し、弾片を飛散させただけに終わったのだろう。

ドーントレスの急降下爆撃は、なおも続く。

「大和」の右舷側に、あるいは左舷側に、弾着の水柱が奔騰する。

七発目が再び直撃するが、結果は最初の被弾と同じだ。

前部の主砲塔から金属的な打撃音が届き、撥ね返された爆弾が空中で爆発する。

「大和」に、被害は全くない。せいぜい、主砲塔の塗料が剝《は》げた程度だ。

照準器が捉えた敵機は、もう数が少ない。投弾未了の敵機は二機だけだ。

「あと二発」

矢部が呟いたとき、後方から炸裂音と共に、衝撃が襲って来た。

副砲や高角砲の発射に伴う反動とは、明らかに異なる。

竣工以来、約半年。「大和」は初めて直撃弾による被害を受けたのだ。

続けて、後部から打撃音、炸裂音が伝わる。

前部の主砲塔に命中した敵弾と同じだ。第三砲塔が敵弾を受け、貫通されることなく撥ね返したのだろう。

その一発を最後に、急降下爆撃が終わった。

「大和」を狙ったドーントレスは、艦の頭上で引き起こしをかけ、後方へと抜けてゆく。

心なしか、爆音が悔《くや》しげに聞こえる。

被撃墜機を出しながらも、「大和」への有効打が一発に留まったことに、搭乗員が切歯扼腕《せっしやくわん》している光景が想像された。

「被害箇所は——」

矢部が言いかけたとき、青木が叫んだ。

「五分隊長より命令。『右舷高角砲目標、右正横の雷撃機。射撃距離八〇《ハチマル》（八〇〇〇メートル）』！」

「目標、右正横の敵雷撃機。射撃距離八〇《ハチマル》！」

矢部は、部下に新たな命令を伝えた。

急降下爆撃による被害箇所と被害状況が気になるが、新たな敵の迎撃が先だ。

「くそったれ！」

川崎が罵声を漏らし、旋回ハンドルを回す。

友親は無言のまま、ハンドルを回して、二門の砲身を水平に近い角度まで倒す。

直前まで頭上の敵機を砲撃していたため、海面すれすれの敵機を狙うには、若干の時間が必要だ。

矢部は、右舷側を睨んだ。

右方から、八機が「大和」に向かって来る。いずれも、海面すれすれの低空だ。

「旋回角よし！」

「仰角よし！」

川崎と友親が報告したときには、敵機との距離は一万メートルを切っている。

一二・七センチ高角砲の射程内だが、遠距離から撃っても命中は望めない。ある程度引きつけてから射撃を開始するというのが、第五分隊長弥永常人少佐の考えだ。

「九五《キュウゴ》……九〇《キュウマル》……まだまだ……」

矢部は引き金に指をかけたまま、敵機との距離を計る。

不意に敵一機が火を噴き、海面に叩き付けられて飛沫を上げた。

続いてもう一機の左主翼に火箭が突き刺さり、中央付近から折れ飛んだ。左の揚力《ようりょく》を失った敵機は、左に大きく傾き、回転しながら海面に落下した。

零戦が敵機に射弾を浴びせ、二機を墜としたのだ。

「有り難い！」

矢部は、感謝の言葉を叫んだ。

発砲前に敵が減ってくれれば、大助かりだ。

残る六機は、怯《ひる》むことなく向かって来る。

距離が八〇〇〇メートルまで詰まったところで、

「てっ！」

矢部は気合いと共に、引き金を引いた。

強烈な砲声が砲台を満たし、衝撃が下腹を突き上げた。三番高角砲二門の一二・七センチ砲が、射弾を放ったのだ。
一、五番高角砲も砲撃し、右舷側に砲声が轟く。
一発目の炸裂よりも早く、二発目が装塡される。

砲身一門につき二名ずつの砲手が、二三キロの重量を持つ一二・七センチ砲弾をリレーし、砲身の内部に押し込むのだ。

配属されたばかりの頃はもたついていたが、訓練を重ねた今は、四秒から五秒の間で次発装塡を完了できる。

矢部が引き金を引く。砲声が砲台を包み、胃の腑《ふ》を突き上げるような衝撃が襲って来る。

三発目を放った直後、第一射弾が炸裂した。

空中の六箇所に爆炎が躍り、黒い花を思わせる爆煙が湧き出した。

敵雷撃機一機がよろめいたが、墜落には至らない。

敵機は針路、速度共変えることなく「大和」に向かって来る。

三番高角砲は、一、五番高角砲と共に発砲を繰り返す。発射の度、砲台全体が震え、衝撃が襲う。

敵雷撃機の左右に、あるいは前方に閃光が走り、黒い爆煙が摑みかかるように湧き出す。

敵一機が見えざる拳に一撃されたかのように、機首を大きく下げた。

そのまま海面に突っ込み、飛沫を上げた。

高角砲弾の弾片がコクピットを襲い、操縦員に命中したのかもしれない。

「あと五機！」

矢部が呟いたとき、高角砲台の下から連射音が伝わった。照準器の狭い視界の中に、何条もの真っ赤な火箭が見えた。

二五ミリ三連装機銃が、射撃を開始したのだ。

一二・七センチ高角砲の砲声と二五ミリ機銃の連射音が一つに響き合わさり、咆哮と化す。

四六センチ主砲の砲声には及ばないが、艦そのものが敵機に向けて、怒りの声を上げているように感じられる。

多数の火箭が敵機を搦め捕ることを、矢部は期待した。残る五機が次々に火を噴き、海面に叩き付けられるものと信じた。

だが、敵機は墜ちない。

海面に張り付くようにして、「大和」との距離を詰めて来る。

「大和」の艦首が右に振られ、敵機が左に流れた。

帝国海軍の軍艦の中でも、最も大きく、重い「大和」だが、回頭時の動きは速い。巨体に似合わぬ小さな円弧を描き、右に艦首を振って行く。

川崎が旋回ハンドルを回し、敵機の動きに追随しようとするが、すぐには目標を射界に捉えられない。

他の高角砲も同様だ。砲声はしばし止み、機銃の連射音だけが伝わって来る。

敵一機が、正面からまともに火箭に突っ込んだ。機首から炎と黒煙が噴出し、滑り込むようにして海面に落下する。

機銃座が墜としたのは一機だけだ。残る四機は速力を上げ、「大和」の後方へと離脱してゆく。

「大和」が直進に戻った。艦が増速したのだろう、身体が僅かに右へと振られた。

（魚雷はどうだ？　かわせるのか）

艦の動きに身を委《ゆだ》ねながら、矢部は自問した。

被雷を防ぐには、魚雷に艦首を正対させ、対向面積を最小にするのが有効であることは、矢部も知っている。

だが、高角砲台で敵機の動きを見た限りでは、回避運動を始めるのが遅かったように思える。

一本か二本は喰らうのではないか。当たるにしても、せめて俺たちの三番高角砲から外れてくれ、と願った。

待つことしばし、

「高射指揮所より連絡。敵の魚雷は全て回避せり！」

青木が、歓声混じりの声で叫んだ。

期せずして、三番高角砲でも、前後に位置する一、五番高角砲でも、歓声が上がった。

「大和」は、被雷を免れたのだ。

後部から、命令や復唱の叫び声が伝わって来る。先の被弾箇所で、消火が行われているのだろう。

高射指揮所から、新たな命令はない。上空から届いていた爆音も、終息に向かいつつある。

一航艦に対する攻撃は、「大和」の雷撃回避で終わったようだ。

（生き延びた……）

矢部は、小さく安堵の息を漏らした。

帝国海軍最新鋭にして、世界最大最強の戦艦が、直撃弾一発程度で沈むことはない。

何よりも、右舷側の高角砲は全てが健在であり、三番高角砲の砲員も、全員が無傷で最初の戦いを切り抜けたのだ。

そのことが、何より有り難かった。

「大和」は、艦首を大きく左に振っている。

先の回避運動によって隊列が乱れたため、定位置に戻ろうとしているのだ。

このときになって、矢部の脳裏に疑問が湧いた。

空母はどうなったのか、本艦は空母を守る任務を果たせたのだろうか、と。

9

第二次攻撃隊の収容は、一二時一五分（現地時間一四時一五分）より始まった。

東北東の空に姿を現した零戦、九九艦爆、九七艦攻が、エンジン・スロットルを絞り、高度を落として、次々と所属する母艦に滑り込む。

第一次攻撃隊の帰還時には、編隊形が崩れており、小隊単位や単機で帰還した者が少なくなかったが、今回はまとまっての帰還となっている。

第一次攻撃隊の目標「桂」は空母二隻を擁しており、直衛機の数も多かったが、第二次攻撃隊が叩いた「香」は空母一隻だけであり、防御も弱かったためかもしれない。

「索敵機より受信！」

「大和」艦橋の一航艦司令部に、小野寛治郎通信参謀が報告を上げた。

「『敵〈香〉部隊ノ針路六〇度、速力一八ノット。空母ヲ伴ワズ。一二二〇《ヒトフタフタマル》』であります」

「参謀長、敵は空母を失い、避退に移ったと考えられます」

「我が方の勝ちだな？」

「そのように判断できます」

草鹿龍之介参謀長の問いに、源田は満足げな表情で頷いた。

一時間ほど前、「桂」に向かった索敵機も、同様の報告を送っている。

敵の機動部隊は、ソロモン諸島から遠ざかりつつあるのだ。

戦果は敵空母三隻撃沈。他に、巡洋艦三隻の撃破が報告されている。

日本側には、沈没艦はない。

「赤城」「加賀」「飛龍」が、至近弾によって対空火器を損傷したが、直撃弾はなく、「戦闘・航行ニ支障ナシ」との報告が届いている。

旗艦「大和」には第二次空襲の終盤、五〇〇キロ相当と思われる爆弾四発が命中したが、被害は後部の四番副砲のみだ。主砲塔への直撃弾は、いずれも分厚い装甲鈑が撥ね返している。

被害判定は小破だが、内地での修理が必要だった。

「珊瑚海海戦の仇討《あだう》ちは、果たせたようだな」

「仇を討っただけではありません。倍、いや三倍にして返せたと考えます」

南雲の言葉を受け、草鹿が言った。

珊瑚海海戦で日本軍が不覚の一敗を喫したのは確かだが、「翔鶴」「瑞鶴」は沈んだわけではない。

両艦とも内地で修理中であり、いずれは前線部隊に復帰できる。

一方、今回の海戦で、一航艦は空母三隻撃沈、巡洋艦三隻撃破の大戦果を上げた。

作戦目的であるニュージョージア島の占領も達成できた。

日本軍の完勝と言っていい。

機動部隊は、やはり無敵だった。

真珠湾攻撃を成功させ、インド洋で英国東洋艦隊を撃滅した実力は健在だった——南雲は、その思いを新たにしているようだった。

「今回の戦いで、『大和』が果たした役割は、非常に大きなものがあったと考えます」

大石保首席参謀が発言した。

「本艦の通信室は、昨日のうちに敵信を傍受し、敵艦隊が接近しつつあることを突き止めました。そのおかげで、我が軍は敵機動部隊の出現を前提として戦闘準備を整え、充分な態勢で戦いに臨むことができました。それだけではありません。今日、敵艦隊発見の第一報を送ったのは、本艦の水偵です。山本長官が期待された通り、本艦は機動部隊の耳と目の役割を十全に果たしたのです」

「本艦の功績は、それだけではない。通信と索敵以上に、空母の援護で大きな役割を果たした」

草鹿が、高柳儀八「大和」艦長を見やった。

「第一次空襲では、敵編隊の直中に主砲弾を撃ち込み、敵艦爆の半数を撃墜した。その後の戦闘でも、副砲、高角砲で空母を援護した。第二次空襲では、敵の艦爆、艦攻を引きつけることで空母を守った。しかも、本艦自身の被害も最小限に抑えた。主砲塔が敵弾を撥ね返したことで、空襲に対しても卓越した防御力を持つことを実証したのだ。空母の護衛役として、本艦は最強にして最良の艦であることを、私は本日の戦闘を通じて確信した」

「お褒《ほ》めに預かり、恐縮至極《しごく》です」

高柳は、頭を下げた。

「大和」の艦長は　砲術の道を選んだ身にとり、最高の栄職だが、同時に海軍の主力が航空機と空母に移りつつあることも感じていた。

そのようなときに、「大和」の機動部隊配属が決まったのだ。

高柳としては、新しい時代における「大和」の使い道を模索《もさく》するつもりだったが、この日の戦いで、早くも答が出たようだ。

「大和」は機動部隊の耳と目の役割を果たすと共に、空母の護衛役を務める。

世界最強の艦載砲である四六センチ主砲も、対空砲として使用する。

今後は、機動部隊の旗艦として全力を尽くすのだ。

「耳は兎《うさぎ》のごとく、牙《きば》は獅子《しし》のごとし」

黙って聞いていた南雲忠一司令長官が、重々しい口調で言った。

「『大和』の機動部隊配属に際して、山本長官からうかがったお言葉だ。耳はともかく、牙については一部の力を発揮しただけだが、戦艦本来の能力を発揮するときも、いずれ来るだろう。それまでは、機動部隊の本丸と旗本の役を務めて貰いたい」

「ホーネット」エア・グループの指揮官スタンホープ・リング少佐は、駆逐艦「モリス」の上甲板に腰を下ろし、海面を見つめていた。

左腕を、三角巾《さんかくきん》で首から吊っている。ドーントレスのコクピットに飛び込んで来た弾片が食い込んだのだ。

リングは右腕だけで操縦を続け、辛《から》くもＴＦ16の上空に辿《たど》り着いたが、そこで見たものは、炎と黒煙に包まれて沈みかかっている二隻の空母だった。

リングは止むなくＴＦ17に飛び、「ヨークタウン」に着艦したが、同艦も沈没したため、海に逃げざるを得なくなった。

リングだけではない。

母艦を失ったクルーは不時着水か、「ヨークタウン」に降りた後、沈没する空母の艦上で炎に追われた挙げ句《あげく》、同艦のクルーと共に漂流する運命を辿ったのだ。

空中の地獄とも呼ぶべき戦場から生還しても、それは一時のことに過ぎなかった。

彼らを待っていたのは、また別の「地獄」だったのだ。

「先ほど、集計が出ました。本艦が救助した艦上機クルーは、少佐も含めて二四名です」

「モリス」の砲術長を務めるジム・グレーブス大尉が、リングに声をかけた。

「ＴＦ17全体で救助した艦上機クルーの数は分かるか？」

「まだ、他艦から報告が届いておりません」

「ＴＦ16の被救助者は？」

「こちらも、情報が届いていません。判明したら、お知らせします」

「被救助者の中に、ネイサン・フェローズ中尉はいたか？」

リングは最後に、相棒のことを聞いた。

「ヨークタウン」からは共に脱出したが、救助を待って海面を漂流している間にはぐれたのだ。

「本艦の被救助者にはいませんでした。安全圏に脱したら、他艦に問い合わせてみます」

「ありがとう」

リングはそう言って、グレーブスを下がらせた。

「空母を全て失い、戦果はゼロに終わったか」

海を眺めながら、リングは深々と溜息《ためいき》をついた。

ＴＦ16の攻撃隊は、敵空母に一発の命中弾も与えられずに敗退し、ＴＦ17の攻撃も失敗に終わった。

ＴＦ17は戦力不足を補うため、「ヨークタウン」の艦上機の半数を空中で待機させ、残る半数を発艦させて、合流させた。

直衛機以外の全艦上機を、一気に敵艦隊に叩き付けようとしたのだ。

そのような工夫を行ったにも関わらず、攻撃隊は敵空母を一隻も沈められなかった。

戦艦には何発かの命中弾を得たが、目立った損害は与えられなかったという。

珊瑚海海戦の勝利を帳消しにするだけではなく、大幅なマイナスとなる大敗だった。

（このままでは終わらせぬ）

リングは闘志を燃やすと共に、敵機動部隊の最後尾にいた戦艦の姿を思い出している。

隊列の前方に位置していた金剛型《コンゴウ・タイプ》よりも大きいことに加え、洗練された外観を持つ艦だ。

戦闘の序盤、あの艦が発射した砲弾が、ドーントレスの約半数を撃墜し、編隊形を崩壊させたことが、敗北の一因だ。

空母が最優先の攻撃目標であることに変わりはないが、あの戦艦もまた警戒すべき存在だ。

真珠湾に帰還したら、新型戦艦の存在について太平洋艦隊司令部に報告しなければならないだろう。

今頃は勝ちどきを上げているであろう日本軍に、リングは呼びかけた。

「合衆国は、敗北したまま泣き寝入りをする国ではないぞ、ジャップ。今日の借りは、いずれ何倍にもして返してやる」

第五章　ニュージョージア沖海戦

1

ニュージョージア島ムンダの沖は、燃えるような紅《くれない》に染まっていた。

太陽は、西の水平線に沈みつつある。

昭和一七年六月三〇日の日没だ。

ムンダ付近で警戒に当たっている三隻にも、夕陽が赤く照り映《は》えている。

一隻は角張った艦橋に三本煙突を持つ軽巡洋艦、二隻は小ぶりな艦体に二本の煙突を持つ駆逐艦だ。

軽巡、駆逐艦とも、四基の単装主砲を前後に二基ずつ配置している。駆逐艦は、軽巡をそのまま縮小したようにも見える。

第八艦隊に所属する、第一八戦隊の軽巡洋艦「龍田《たつた》」と第一九駆逐隊の「朝凪《あさなぎ》」「夕凪《ゆうなぎ》」だ。

三隻は、第八艦隊の主力と共にラバウルからムンダに駆けつけた後、ニュージョージア島とレンドバ島を分かつブランチ水道の西側出口で警戒に当たるよう命じられていた。

「『リ一七船団』より受信。『現在位置、〈ムンダ〉ヨリノ方位二七〇度、六〇浬。一五五〇《ヒトゴゴマル》（現地時間一七時五〇分）』」

駆逐艦「夕凪」の艦橋に、通信長五味良三《ごみりょうぞう》中尉が報告を上げた。

「リ一七船団」は、ムンダに補給物資を運んで来た輸送船団だ。輸送船一〇隻を、第三〇駆逐隊の「睦《む》月《つき》」「望月《もちづき》」が護衛している。

船団は、まだ荷下ろしを終えていなかったが、第八艦隊司令長官三川軍一《みかわぐんいち》中将は、作業の一時中止と後方への避退を命じていた。

「ムンダの一六根（第一六根拠地隊）からは？」

「夕凪」駆逐艦長岡田静一《おかだせいいち》大尉の問いに、五味は即答した。

「『避退ヲ完了ス』と報告しています」

「一六空（第一六航空隊）は？」

「『我、出撃準備完了』と伝えています」

「了解した」

岡田は、ごく短く返答した。

「敵は、ここまで来るでしょうか？」

「何とも言えんな。本隊が阻止してくれると信じたいところだが」

航海長古賀泰次《こがやすじ》予備中尉の問いに、岡田は答えた。

二九駆が所属する第八艦隊は、ＦＳ作戦の開始に合わせて編成された部隊で、ビスマルク諸島、ソロモン諸島、ニューギニア北東岸の警備を担当する。

中核兵力は巡洋艦、駆逐艦だが、他にラバウルの第八根拠地隊、ムンダの第一六根拠地隊、第一六航空隊、横須賀鎮守府第五特別陸戦隊、呉鎮守府第三特別陸戦隊、第一〇から第一六までの設営隊等を指揮下に収めている。

六月一六日のサンタイサベル沖海戦以降、ソロモン方面は比較的静かであり、敵の大規模な攻撃を受けることはなかった。

ブーゲンビルやニュージョージアに物資を運ぶ輸送船に対する潜水艦の攻撃や、哨戒中の駆潜艇《くせんてい》、水上機、飛行艇と敵潜水艦の交戦はあったが、敵の機動部隊や砲戦部隊の出現はなく、ソロモンに進出した設営隊は、敵の直接的な妨害を受けることなく、飛行場の建設を進めていた。

異変が起きたのは昨日、六月二九日の午前だ。

一六空の零式水偵四号機が、ソロモン諸島南東端のサンクリストバル島沖で、敵艦隊を発見したのだ。

同機は、「敵ハ巡洋艦六、駆逐艦六。敵針路三一五度。速力一六ノット」と報告している。

三川司令長官は、「敵はムンダ攻撃を企図《きと》している」と判断し、ラバウルの第二五航空戦隊に敵艦隊への攻撃を要請すると共に、主だった艦艇を率いてムンダ沖に急行した。

第八艦隊の主力は、高雄型重巡洋艦の「鳥海《ちょうかい》」と、第六戦隊の青葉《あおば》型重巡「青葉」「衣笠《きぬがさ》」、古鷹《ふるたか》型重巡「古鷹」「加古《かこ》」、第一八戦隊の軽巡洋艦「天龍《てんりゅう》」

「夕張《ゆうばり》」だ。

敵艦隊とほぼ互角に戦える戦力ではあるが、戦場では何が起こるか分からない。

敵が八艦隊の監視をかいくぐり、ムンダに肉薄して来たら、「龍田」「朝凪」「夕凪」では対抗できない。

航海長の不安も、無理からぬことではあるが——。

「三川長官は航海の専門家だし、五藤《ごとう》司令官（五藤存知《ありとも》少将。第六戦隊司令官）は夜戦の権威だ。敵艦隊を取り逃がすようなことはないさ」

安心しろ——その意を込めた岡田に、古賀は言った。

「ですが、米軍は既に電探《でんたん》を実用化してるそうじゃないですか。そいつを使って先制攻撃を受けたら、危ないんじゃないですか？」

「電探ってのは、電波を出して敵を探る武器だ。そんなことをしたら、居場所を報せるようなものだ」

岡田は小さく笑った。

帝国海軍でも、電波探信儀《でんぱたんしんぎ》の導入を強く主張する声があるが、電波技術の立ち後《おく》れや、「こちらから電波を出すなど、闇夜に提灯《ちょうちん》を点《つ》けて歩くようなものだ」といった反発もあり、配備が遅れている。

機動部隊の旗艦となった「大和」に、いち早く電探を装備するとの話を聞いたことはあるが、確定情報ではなかった。

「電探よりも、こいつですよ」

砲術長の松尾久吉《まつおひさよし》特務中尉が、右手で自分の両目を指しながら言った。

「特務」の二文字が示す通り、兵からの叩き上げで士官の階級に昇ったベテランだ。岡田よりも年長であり、長年修練《しゅうれん》を積んだ職人のような雰囲気を漂わせている。

「巡洋艦にも、駆逐艦にも、腕利きの夜戦見張員が乗っているんです。敵艦隊を見落とすことはないでしょう」

岡田も頷いた。

「人間の身体ってのは、これで結構な潜在力を持ってるからな。鍛え方次第で、夜目《よめ》を梟《ふくろう》並に利かせることもできるんだ。人間の持つ力を極限まで引き出せれば、敵の新兵器にも対抗できるってものさ」

六月三〇日の日没が訪れたとき、第八艦隊の主力は、レンドバ島の北西岸沖を遊弋《ゆうよく》していた。

先頭を行く旗艦「鳥海」が、一際目立つ。

二〇〇メートル以上に及ぶ長大な艦体と城郭《じょうかく》を思わせる巨大な艦橋を持ち、二〇・三センチ連装主砲五基の火力は、第八艦隊の全艦艇中最強だ。

その後方に位置する第六戦隊の四隻――「青葉」「加古」「古鷹」「衣笠」は、「鳥海」よりもやや小さい。艦橋は下部が小さく、上半分は塔のようにほっそりしている。

主砲火力は二〇・三センチ連装砲三基と、「鳥海」の六割だが、乗員にはベテランが多く、艦の扱いに習熟していた。

第六戦隊の後方には、第一八戦隊の軽巡「天龍」「夕張」が付き従う。

「鳥海」の艦橋では、三川軍一司令長官を始めとする第八艦隊の幕僚たちや、艦長早川幹夫《はやかわみきお》大佐らが、敵艦隊の出現に備えて待機していた。

「夜戦となれば、我が方が有利です」

首席参謀の神重徳《かみしげのり》大佐が意気込んだ様子で言った。

第八艦隊の司令部幕僚の中では、最も積極果敢な闘志の持ち主だ。

「本日の月齢は一六です。無照射でも、ある程度の命中率が期待できます」

「気象班は、月の出は一八一七《ヒトハチヒトナナ》（現地時間二〇時一七分）と報告している。向こう二時間ほどは、月明かりはない」

参謀長大西新蔵《おおにししんぞう》少将が、艦の東側を見やった。

艦隊の東側には、レンドバ島が横たわっている。月の出直後は、月光はレンドバ島に遮られるはずだ。

「敵艦隊の来寇《らいこう》は、月の出の後と考えます」

航海参謀の篠原多磨夫《しのはらたまお》中佐が言った。

この日の昼間、ラバウルの第二五航空戦隊が敵艦隊に攻撃をかけ、巡洋艦と駆逐艦各一隻に直撃弾を与え、火災を起こさせている。

時刻は一〇時二二分（現地時間一二時二二分）、場所はムンダよりの方位一四〇度、一五〇浬だ。

米艦隊の巡航速度一六ノットで進撃した場合、ムンダまでは九時間以上を要する。

しかもムンダを攻撃するためには、レンドバ島の南岸から西岸を回り込まねばならないから、実際には一一時間ほどかかると見てよい。

これらを考慮すると、敵艦隊のムンダ到達は二一時から二二時の間。

その頃には、月は東の空に昇っている。

「敵が燃料消費の増大を厭わず、二〇ノット程度で進撃する可能性も考えられるが」

「その場合、ムンダ到達は一九〇〇《ヒトキュウマルマル》前後と考えられます。月の高度は低めですが、月明かりを頼りに戦うことは可能です」

大西の意見に、篠原は答えた。

「仮に、敵艦隊が月の出の前に出現したとしても、我が軍には一六空の支援があります。零式水偵と零観が吊光弾《ちょうこうだん》を多数投下すれば、月明かりがなくとも戦えます」

航空参謀の国崎光弘《くにさきみつひろ》少佐が言った。

艦隊司令部の航空参謀は、艦上機隊の飛行隊長からの異動が多いが、国崎は水上機搭乗員の出身だ。

第八艦隊のムンダ到着後、国崎は一六空の水上機基地を訪れ、夜戦への参陣《さんじん》を求めていた。

「いいだろう。月明かりの有無《うむ》に関わらず臨機応変に戦えるよう。準備を整えておこう」

三川は、重々しい口調で言った。

第八艦隊は、しばし闇の中で待機する。

「鳥海」の艦橋も、灯火は最小限に落とされている。

幕僚の顔は、薄ぼんやりと見えるだけだ。

ムンダからは距離があるため、地上の様子は分か

日本海軍 高雄型重巡洋艦「鳥海」

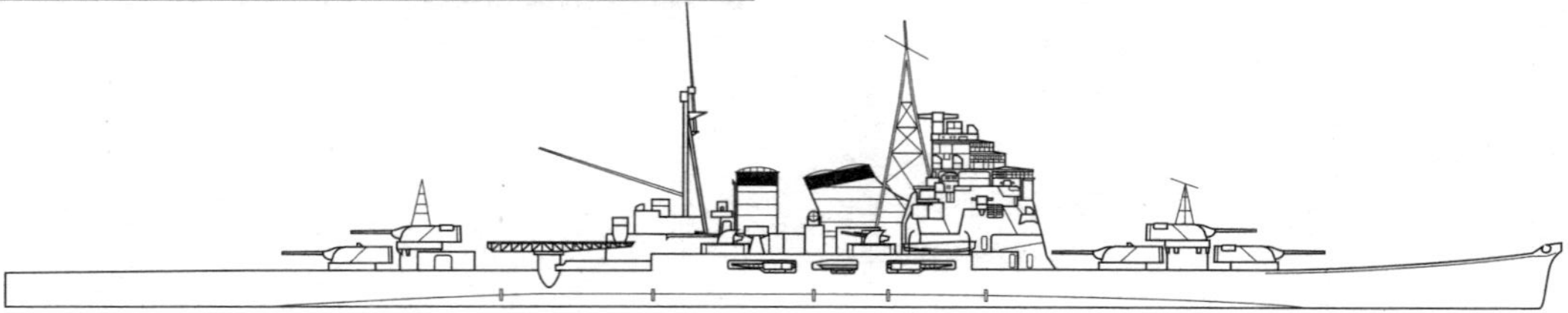

全長	203.8m
最大幅	19.0m
基準排水量	9,850トン
主機	艦本式タービン 4基／4軸
出力	130,000馬力
速力	35.5ノット
兵装	20.3cm 50口径 連装砲 5基 10門
	12cm 45口径 単装高角砲 4門
	40mm 単装機銃 2丁
	61cm 連装魚雷発射管 4基
航空兵装	水上機 3機／射出機 2基
乗員数	760名
同型艦	高雄、愛宕、摩耶

日本海軍の高雄型重巡洋艦の４番艦。前型の妙高型の発展改良版として、妙高型の火力と防御力を維持しつつ、欠点とされた居住性の悪さなどを改善している。また戦隊規模の艦隊を指揮できるよう、充実した通信設備や司令部幕僚の居室などを収容する必要があり、艦橋は大型化している。主砲は50口径20センチ砲で、妙高型と同じだが、対空射撃を考慮して最大仰角は70度まで引き上げられている。また魚雷発射管を中甲板から上甲板に上げ、被弾の際の損傷軽減を図った。なお、同型艦の「高雄」「愛宕」は昭和14年の改装で、魚雷発射管を４連装に換装したが、本艦は改装を待つあいだに開戦を迎えたため、連装のままとなっている。しかし次発装填装置を装備したことで、実質的な雷撃力は高い。

戦艦に準ずる砲火力を持つ準主力艦の一艦として、その価値は高く、以後の活躍にも期待が寄せられている。

らないが、厳重な灯火管制を敷いていることは間違いなかった。

二〇時一九分（現地時間二二時一九分）、

「索敵機より受信！」

通信室に詰めている通信参謀森虎《もりとら》男《お》少佐が報告を上げた。

ムンダの一六空は、日没直後の一六時三〇分から二度に分けて、索敵機を放っている。

それらの一機が報告電を送って来たのだ。

「敵艦隊見ユ。『レンドバ島』南西岸沖ヲ北上シツツアリ。敵ノ並ビハ巡五、駆四。敵針路三一五度。一九五五《ヒトキュウゴゴ》」

「来たか！」

三川は大西らと顔を見合わせ、頷き合った。

敵は、ムンダを目指している。

索敵機が発見したときの位置はレンドバ島の南西岸沖だったが、現在までに二四分が経過している。今頃は、レンドバ島西端のホフォボ沖を通過し、北西岸沖に回り込んでいるかもしれない。

「合戦準備。夜戦に備え！　左砲雷戦！」

「観測機発進！」

「一六空に、水上機の発進を要請！」

三川は、続けて三つの命令を発した。

月は既に昇っており、東の空から、柔らかい光が海面に降り注いでいる。

先頭に立つ「鳥海」の艦橋から、後続艦の姿は見えないが、前甲板や三基の二〇・三センチ連装砲塔がはっきりと認められる。

「左砲雷戦！」

「観測機発進！」

早川が射撃指揮所と水雷指揮所に下令し、次いで後部の飛行甲板で待機している飛行長清瀬《きよせ》文夫《ふみお》大尉に命じる。

「鳥海」の搭載機は、零式観測機二機と九四式水上偵察機一機、六戦隊各艦の搭載機は零式水偵と九四式水偵各一機だ。

九四式水偵は昭和九年に制式化された旧式機で、最大時速も二七六キロと鈍足《どんそく》だが、飛行時の安定性が高いことに加え、航続距離が約一〇〇〇浬と長いため、現在も多数が第一線にある。

新旧三機種の水上機が軽快な爆音を轟かせ、夜空へと舞い上がってゆく。

月明かりの下、「鳥海」の前甲板で三基の主砲塔が左に旋回する。

後甲板や、後続する六隻の艦上でも、同様の動きが起きているはずだ。

第八艦隊の七隻は、ムンダの楯になる格好で、間もなく姿を現すであろう敵艦隊を待ち構えている。

「一六空より通信。『当基地ノ観測機全機発進セリ』」

森が新たな報告を送ってから間もなく、右舷側上空から爆音が聞こえて来た。

「鳥海」の頭上を、右から左に横切る形で通過する。

ムンダ基地の零式水偵、零観であろう。

「索敵機より受信。『敵ノ位置、〈ムンダ〉ヨリノ方位二一〇度、二〇浬。敵針路三四〇度。二一一二《フタヒトヒトフタ》（現地時間二三時一二分）』」

二一時二七分、森通信参謀が新たな報告を上げた。

「ムンダ沖を時計回りに回って、艦砲射撃を行うつもりかもしれぬな」

「いかがされますか？」

「敵の頭を押さえよう。艦隊針路三〇〇度。速力二五ノット」

大西の問いに、三川は落ち着いた声で返答した。

「後続艦に信号。『針路三〇〇度。速力二五ノット』」

「航海、面舵一杯。針路三〇〇度」

早川が、信号長と航海長に命じる。

「面舵一杯。針路三〇〇度。宜候！」

「操舵室。面舵一杯。針路三〇〇度！」

航海長茂木史郎《もてぎしろう》少佐が操舵室に下令する。

「鳥海」はしばし直進を続けた後、艦首を大きく右に振る。

「艦長より機関長、速力二五ノット！」

早川が、機関長吉村《よしむら》亀釈《きしゃく》機関中佐に命じる。

機関の鼓動が高まり、「鳥海」が加速される。

巡航速度の一八ノットで遊弋していた重巡は、敵の頭を押さえるべく、前方へと突進する。

「六戦隊、本艦に後続します。『天龍』『夕張』も続きます」

「流石は五藤だ」

満足感を覚え、三川は呟いた。

第六戦隊司令官五藤存知少将は、三川の江田島同期だ。中央での栄進よりも海上の武人《ぶじん》となる道を志《こころざ》し、海軍生活のほとんどを艦船勤務で過ごしている。

三川の旗艦「鳥海」や、戦艦「陸奥」の艦長を務めた経験もある。

その五藤は、六戦隊の四隻を一糸《いっし》乱れることなく指揮し、旗艦に遅れることなく追随させている。

「砲術より艦長。敵艦一隻を視認。距離九〇《キュウマル》（九〇〇〇メートル）」

砲術長外山《とやま》稔《みのる》少佐が報告を上げた。

「長官、雷撃の好機です！」

「まだだ」

神重徳首席参謀が催促《さいそく》するような声を上げたが、三川はかぶりを振った。

九〇〇〇メートルは九三式六一センチ魚雷の射程内だが、必中を狙える距離ではない。夜間の砲戦距離としても遠い。

距離を詰め、必中を狙うのだ。

「砲術より艦橋。距離八五《ハチゴ》……八〇《ハチマル》……」

外山が、敵との距離を報告する。

三川は双眼鏡を左舷側に向けるが、敵はまだ見えない。

夜間での距離八〇〇〇メートルでは、射撃指揮所にある大双眼鏡を使わなければ、敵の視認は難しいのだ。

「鳥海」以下の七隻は、沈黙したまま航進を続ける。米艦隊の発砲もない。第八艦隊はニュージョージア島を背にしているため、視認が困難なのかもしれない。

「六〇《ロクマル》！」

の報告があったところで、

「観測機に命令。吊光弾投下！」

「『鳥海』、六戦隊目標、巡洋艦。一八戦隊目標、駆逐艦。砲撃始め！」

三川は、凛《りん》とした声で下令した。

「艦長より砲術。目標、敵一番艦。吊光弾の点灯と同時に砲撃始め！」

早川が外山に命じた直後、左舷上空に複数の光源が出現した。

敵の艦影が、影絵のように浮かび上がっている。

「目標、敵一番艦。砲撃始めます」

外山が落ち着いた声で報告した。

一拍置いて、「鳥海」の左舷側に火焔がほとばしり、雷鳴のような砲声が艦橋を震わせた。

各砲塔の一番砲、合計五門の二〇・三センチ砲が火を噴いたのだ。

「六戦隊、『青葉』より順次撃ち方始めました。『天龍』『夕張』撃ち方始めました」

後部指揮所より届いた報告に、僚艦の砲声が重なる。

敵艦隊は、まだ沈黙を保っていた。

第一射は、命中弾がない。敵の艦上に、爆炎が湧き出すことはない。

第八艦隊が放った二〇・三センチ砲弾一七発、一四センチ砲弾一二発は、闇の中に消えている。

第八艦隊各艦が、第二射を放つ。

再び二〇・三センチ砲の砲声が谺《こだま》し、「鳥海」の巨体が身を震わせる。

敵の艦上にも、発射炎が閃いた。

十数秒後、第八艦隊の右舷上空に光源が出現し、青白い光が甲板上に降り注ぎ始めた。

敵は、星弾《せいだん》を発射したのだ。

このときには、第八艦隊の第二射弾が落下している。

敵一番艦の艦上に、明らかに直撃弾のそれと分かる閃光が走り、二番艦の艦上にも爆炎が躍った。

「よし!」

三川は満足の声を上げた。

第八艦隊は、先に直撃弾を得た。「鳥海」以下五隻の重巡は、敵一、二番艦を炎上させたのだ。

「砲術より艦橋。次より斉射」

外山が、冷静な口調で報告する。

「鳥海」が次発装塡を待ち、しばし沈黙する。

その間に、第一八戦隊の二隻が第三射を放ち、敵艦の艦上にも発射炎が閃く。

彼我の射弾が上空で交錯し、夜の大気を震わせる。

敵弾の飛翔音が拡大し、迫って来る。

弾着は、日本側が先だ。

新たな敵艦の艦上に爆炎が躍り、艦影を赤々と浮かび上がらせる。敵四番艦のようだ。

「鳥海」は、最初の斉射を放った。

艦の左舷側に向けて巨大な火焔がほとばしり、雷鳴のような砲声が艦橋を包んだ。

発射の反動を受けた艦体が、僅かに右舷側へと仰《の》け反《ぞ》った。

「『青葉』斉射!」

後部指揮所が僚艦の動きを報告し、遠雷を思わせる砲声が届く。

「鳥海」から一〇発、「青葉」から六発が、それぞれ敵一、二番艦に向かって飛翔する。

左舷側に見える火災炎が、大きく揺らめく。被弾し、火災を起こしながらも、敵艦が砲撃を続けているのだ。

砲戦は日本側が先手を取り、優勢に進めているが、米軍の闘志も衰《おとろ》えていない。

「鳥海」の斉射弾が落下した。

外れ弾が目標の手前に落ち、水柱を噴き上げたためだろう、束の間火災炎が見えなくなった。

水柱が崩れ、敵一番艦が再び姿を現したとき、火災炎は一層拡大し、艦影をこれまで以上に赤々と浮かび上がらせていた。

続けて「青葉」以下四隻の斉射弾が落下する。

敵二番艦の艦上に新たな爆発光が閃き、艦上の光が大きく揺らめく。

火災が拡大したらしく、光が明るさを増す。

これまで無傷を保っていた敵三番艦の姿までもが浮かび上がる。

「後部指揮所より艦橋。『加古』被弾！」

新たな報告が艦橋に上げられる。

第八艦隊も、無傷とはいかない。一隻が直撃弾を受けたのだ。

「砲術より艦橋。敵一、二番艦速力低下。三番艦以下、取舵！」

外山が敵情を報告する。

「追撃しましょう！」

「全軍突撃せよ。最大戦速！」

神首席参謀の声を受け、三川は大音声で下令した。


「艦長より機関長。両舷前進全速！」

「後続艦に信号。『我ニ続ケ』」

早川が吉村機関長と後部指揮所に命令を送る。

「鳥海」が速力を上げると共に、敵一番艦に二度目の斉射を放つ。

再び二〇・三センチ主砲一〇門の砲声が轟き、炎上する敵艦に一〇発の射弾が殺到する。

「鳥海」だけではない。

後続する「青葉」も、敵弾を受けた「加古」も、六戦隊の後方に位置する「古鷹」「衣笠」も、敵一、二番艦に止めの射弾を浴びせる。

「天龍」「夕張」は最初の命令を忠実に守り、敵駆逐艦を砲撃しているようだ。

火災炎が格好の射撃目標となり、二〇・三センチ砲弾が吸い寄せられるように命中する。

直撃弾が出る度、炎が揺らめき、無数の破片が飛び散る。

敵一、二番艦も反撃するが、直撃を受ける艦はない。全て海面に落下し、水柱を噴き上げるだけだ。

二隻の敵巡洋艦が沈黙するまで、さほど時間はかからなかった。

「敵一、二番艦、停止セリ」

「目標を三番艦以下に変更！」

報告が送られるや、三川は即座に命じた。

左前方に、赤い炎の揺らめきが見える。

先に命中弾を与えた敵四番艦の炎だ。

「目標、敵三番艦。準備出来次第、砲撃始め」

「目標、敵三番艦。宜候！」

早川の命令に、外山が復唱を返す。

前甲板で三基の主砲塔が旋回し、新目標に狙いを定める。

各砲塔の一番砲が、敵三番艦への第一射を放った直後、

「索敵機より緊急信！　一六空七号機です！」

森通信参謀が、泡を食ったような声で報告を上げた。

「読みます。『敵巡三、駆二、〈ムンダ〉ニ接近セリ』」

2

第一六航空隊の七号機が発見したのは、オーストラリア海軍の重巡洋艦「キャンベラ」「オーストラリア」と軽巡洋艦「ホバート」、アメリカ合衆国海軍の駆逐艦「パターソン」「バグレイ」で編成された第一九・二任務群《TG19・2》だった。

ムンダの日本軍飛行場を攻撃するために編成された第一九任務部隊《TF19》の一群で、オーストラリア海軍のヴィクター・クラッチレー少将が指揮を執っている。

TF19の本隊、すなわち第一九・一任務群《TG19・1》はレンドバ島の南岸から西岸の沖を回り込み、ムンダを目指したが、TG19・2はレンドバ島の北側を経由する航路を採った。

レンドバ島とニュージョージア島の間にあるブランチ水道の西側出口は、幅が狭く、大型艦の通行に

は適さない。

　仮に水道を抜けても、出口を敵に押さえられたら、先頭の艦から順繰《じゅんぐ》りに撃破される。

　だが、ニュージョージア島は英連邦領であり、オーストラリア海軍には地の利がある。

「キャンベラ」艦長フランク・ゲッチング大佐や「オーストラリア」艦長チャールズ・コーチャン大佐は、同水道を通過した経験を持つ。

「ブランチ水道経由で突入すれば、日本軍の意表を突ける」

　クラッチレーは作戦会議の席上で強く主張した。

　TF19司令官フェアファックス・リアリー少将はクラッチレーの作戦案を容れ、ムンダに対する二方向からの攻撃を決定したのだ。

　現在TG19・2は、艦隊速力を一四ノットに保ち、ブランチ水道を西進している。

　旗艦「キャンベラ」が先頭に立ち、その後方に「キャンベラ」の姉妹艦「オーストラリア」、軽巡洋艦「ホバート」、盟邦アメリカの駆逐艦二隻という並びだ。

　右舷側にはニュージョージア島が、左舷側にはレンドバ島が、それぞれ黒々とした姿を見せている。

　東の空からは、月齢一六の月明かりが海面を照らし、艦隊の行く手を示しているが、明るさは充分とは言えない。

　陸地までは充分な距離があるように見えるが、北にも、南にも、珊瑚礁が水道の内側まで張り出しているのだ。

　水面下には、暗礁《あんしょう》という自然の敵もある。

　座礁《ざしょう》し、動きが止まったところに、日本軍の砲火を受ければ、ひとたまりもない。

　だが、ゲッチング「キャンベラ」艦長は怖れる様子もなく、艦を水道の中央に乗り入れさせ、後続する四隻を誘導していた。

「左前方に発射炎多数。火災炎らしきものも認められます！」

「キャンベラ」の艦橋に、艦橋見張員が報告を上げた。

クラッチレーは、左舷前方に双眼鏡を向けた。

多数の赤い光が明滅している。

火災炎とおぼしき、光の揺らめきも見える。

砲声も、夜の海面を伝わって来る。多数の艦が撃ち合っているようだ。

「TG19・1が敵と遭遇したな」

クラッチレーは呟いた。

リアリー少将が直率するTG19・1は、重巡五隻、軽巡一隻、駆逐艦六隻から成る部隊だ。

ニュージョージア島に向かって進撃する途中で空襲を受け、重巡、駆逐艦各一隻が被弾・落伍した旨、報告を受けている。

リアリー少将は、被弾損傷した艦に駆逐艦一隻を護衛に就け、後退させたため、戦力は重巡四隻、軽巡一隻、駆逐艦四隻に減少したが、作戦そのものは事前の計画通りに続行し、正面からのムンダ突入を図ったのだ。

そこで待ち構えていた日本艦隊と遭遇したのだろう。

「キャンベラ」の艦上から見た限りでは、どちらが優勢なのか分からない。

TG19・1からの打電もない。

今のところ、ムンダには取り付いていないようだ。

「夜の闇はジャップの味方ですか」

「そのようだな」

首席参謀オスカー・メイコム中佐の言葉に、クラッチレーは頷いた。

日本海軍は、夜戦を得意としていると聞いたことがある。

TG19・1が足止めされているところを見ると、どうやら事実だったようだ。

(TG19・1は貧乏くじを引いたな)

そんなことを、クラッチレーは考えている。

空襲を受け、戦力減を余儀なくされたTG19・1

けていない。

と異なり、TG19・2は偵察機の触接も、空襲も受

TG19・2は、日本軍に悟られることなくニュージョージア島に接近し、ブランチ水道の出口付近に到達したのだ。

TG19・1、2が同時にムンダに突入していれば、日本艦隊を挟撃《きょうげき》することも可能だったが、実際にはTG19・1が全てを引き受ける形になっている。

友軍に申し訳ないという気持ちの方が大きかったが、彼らの奮闘を活かすためにも、自分たちがムンダ攻撃を成功させなくてはならない。

何よりも、英連邦領であるソロモン諸島から敵を叩き出すのは、自分たちの役目だ。

「司令官、ムンダまで一五浬です。砲戦距離の指示を願います」

「本艦と『オーストラリア』は一万五〇〇〇ヤード（約一万三七〇〇メートル）。『ホバート』は一万ヤード（約九〇〇〇メートル）としよう」

メイコムの求めに、クラッチレーは少し考えてから返答した。

「キャンベル」「オーストラリア」が装備する五〇口径二〇・三センチ主砲は二万五〇〇〇ヤード以上の射程距離を持つが、夜間に遠距離から撃っても効果は小さい。

また、ムンダの日本軍に大口径の野砲を装備した陸軍部隊はおらず、反撃を受ける危険は少ない。

距離を詰めてから砲撃した方が効果的だ。

「『オーストラリア』に砲戦距離一万五〇〇〇ヤード、『ホバート』に砲戦距離一万ヤードと通達します」

メイコムが復唱を返し、信号員に指示を送る。

ゲッチング「キャンベラ」艦長は射撃指揮所を呼び出し、

「主砲右砲戦。目標、ムンダの敵飛行場。距離一万五〇〇〇ヤードにて射撃開始」

と命じる。

その間にも、「キャンベラ」を先頭とするTG19・2はブランチ水道を進んでゆく。

「現在、パオ島の沖を通過中」

「キャンベラ」航海長のヘンリー・ミルズ中佐が報告した。

レンドバ島の北岸付近に連なる複数の小島のうち、最も大きな島だ。

パオ島の西に位置するパパレケ島の沖を通過すれば、水道から抜けられる。

「敵艦はいないな？」

「射撃指揮所からも、見張員からも、敵艦発見の報告はありません」

クラッチレーの問いに、ゲッチングが返答した。

「後続艦からの報告は？」

「届いておりません」

この問いには、メイコムが答える。

「了解した」

クラッチレーは頷いた。


ブランチ水道は、依然《いぜん》静かだ。

左前方の海面では、TG19・1と日本艦隊が激しく撃ち合っているが、水道の出口付近に砲声はない。

その沈黙も、間もなく破られる。

「キャンベラ」の前甲板では、二基の二〇・三センチ連装砲塔が右に旋回し、砲身が仰角をかけている。

後続する姉妹艦「オーストラリア」、軽巡の「ホバート」も、「キャンベラ」と同じく、砲撃準備を整えているはずだ。

重巡の二〇・三センチ砲も、軽巡の一五・二センチ砲も、陸軍の重砲と同等の破壊力を持つ。

建設途中の飛行場も、陸揚げされた補給物資も、綺麗さっぱり焼き払ってやる。

英連邦の領土に手を出したことが間違いだったと、日本軍は思い知ることになろう。

クラッチレーは、ムンダがある右前方に視線を向けた。

その耳に、ミルズ航海長の声が届いた。

「パオ島の西端沖を通過。間もなく、水道の西側に出ます」

「敵一番艦、パオ島の西端沖を通過します。本艦の右一三五度、一六《ヒトロク》（一六〇〇メートル）」

駆逐艦「夕凪」の艦橋に、見張員が報告を上げた。心なしか、声が震えているように感じられる。

距離一六〇〇メートルといえば至近距離だ。

「夕凪」は、大正年間に建造された旧式駆逐艦神風《かみかぜ》型の一艦であり、防御力はなきに等しい。

至近距離から撃たれたら消し飛びかねないが、危険は承知の上だ。

「夕凪」の前方では、第二九駆逐隊の僚艦「朝凪」、第一八戦隊の軽巡「龍田」が、同じように息を潜め、敵艦隊のブランチ水道通過を見守っている。

今のところ、敵艦隊が三隻の軽巡、駆逐艦に気づいた様子はない。

こちらがパパレケ島の北西岸付近で、島影の中に潜んでいるためであろう。

「『朝凪』より信号」

見張員が新たな報告を上げた。

岡田静一「夕凪」駆逐艦長は、「朝凪」の後甲板を見た。

月光の下、信号員が手旗信号を送っている。

無線封止中であることに加え、発光信号も使える状況ではないため、僚艦とのやり取りは手旗信号となるのだ。

「朝凪」から送られた信号は、「龍田」からリレーされて来たものだった。

「艦長より水雷。右魚雷戦。発射雷数六！」

手旗信号を読み取った岡田は、水雷指揮所に命じた。

水道を通過する敵艦隊に、雷撃を見舞うのだ。

敵は、ブランチ水道の隘路《あいろ》から日本軍に奇襲をかけるつもりだろうが、逆にこちらが罠《わな》にかける。

「『龍田』の艦長も、大胆なことを考えますね」

「まったくだ」

古賀泰次航海長の言葉に、岡田は頷いた。

「龍田」「朝凪」「夕凪」の三艦は、「警戒隊」の呼称を冠せられ、第八艦隊司令部よりブランチ水道出口の警戒を命じられている。

艦隊司令部では、艦船の動きが制約される隘路から敵艦隊が来る可能性は小さいと考えていたが、万一の事態に備えたのだ。

その万一が、現実になった。

ブランチ水道方面の索敵を受け持っていた一六空の水偵が敵艦隊を発見し、全艦隊に緊急信を送ったのだ。

第八艦隊本隊は、レンドバ島の西側を回り込んで来た敵艦隊と交戦中であり、新たな敵艦隊に向かう余裕はない。

かといって、敵は巡洋艦三隻を擁しており、警戒隊がかなう相手ではない。

そこで、「龍田」艦長馬場《ばば》良文《よしふみ》中佐は、パパレケ島の島陰に隠れての奇襲を選択した。

「龍田」は五三・三センチ魚雷発射管三連装二基、「朝凪」「夕凪」は同連装三基。三艦合計で一八本の魚雷を発射できる。

魚雷は大正年間に制式化された六年式魚雷であり、最新の九三式六一センチ魚雷より威力は落ちるものの、射程を一万メートルに調整すれば三八ノットを発揮できる。

旧式魚雷だろうと、敵には至近距離からの雷撃を回避する術《すべ》はないはずだ。

警戒隊の三隻は、馬場「龍田」艦長の策に従って島影に身を潜め、敵の通過を待った。

「夕凪」の連装発射管三基は全て右舷側に向けられ、発射の時を待っている。

「砲術より艦橋。敵一、二番艦はケント級の重巡、三番艦はパース級の軽巡と認む」

射撃指揮所に詰めている松尾久吉砲術長が報告を

日本海軍 神風型駆逐艦「夕凪」

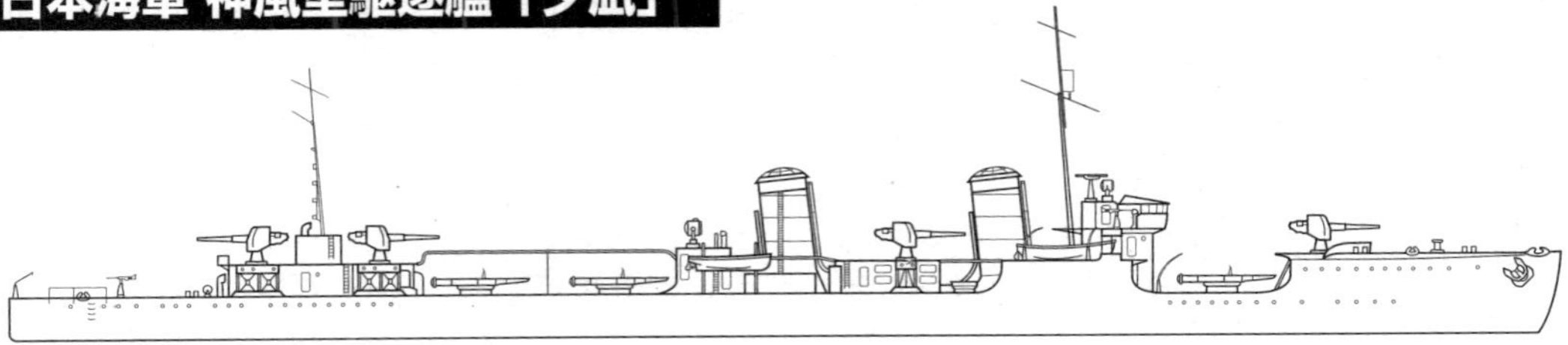

全長	102.6m
最大幅	9.2m
基準排水量	1,270トン
主機	艦本式タービン 2基／2軸
出力	38,500馬力
速力	37.3ノット
兵装	12cm 45口径 単装砲 4門 7.7mm 単装機銃 2丁 53.3cm 連装魚雷発射管 3基 爆雷投射機 2基／爆雷投下軌条 2基 爆雷 18個
乗員数	154名
同型艦	神風、朝風、春風、松風、旗風、追風、疾風、朝凪

日本海軍の駆逐艦、神風型の９番艦。大正年間に計画された「八八艦隊計画」は、戦艦８隻、巡洋戦艦８隻を主軸とした軍戦備拡張計画として知られるが、計画には主力艦だけでなく補助艦艇の増強も含まれており、神風型をはじめとする大型駆逐艦も22隻の建造が内定していた。しかし、ワシントン海軍軍縮条約により八八艦隊計画は廃案となり、神風型駆逐艦は９隻のみが建造された。

基本構造は前型の野風型の発展改良版であり、艦幅をわずかに拡げて復元安定性を増し、機関にも若干の設計変更が為されている。後期型と呼ばれる「追風」「疾風」「朝凪」「夕凪」の４隻は、機関をパーソンズ式から艦本式に改めたほか、魚雷の搭載本数を２本増やして10本にするなどの改良が施された。

今次大戦勃発時、すでに艦齢は15年を超える旧式艦であるが、船団護衛や対潜哨戒など、いまだ活躍の場は多い。

上げた。月光に照らし出された艦影から、型を見抜いたのだ。

「大物だな」

岡田は顔をほころばせた。

ケント級は昭和三年に七隻が建造された英国の重巡だ。日本海軍の妙高型と、ほぼ同世代に当たる。七隻中二隻は、英連邦の一員である豪州向けに建造されたとのことだ。

パース級はケント級よりも新しく、昭和一〇年から一一年にかけて三隻が竣工した軽巡だ。三隻とも、豪州海軍に移管されている。

旧式の軽巡や駆逐艦にとっては、極上の獲物だ。

(大物が来ると分かっていたら、機雷を使えばよかった)

腹の底で、岡田は呟いた。

「龍田」と神風型駆逐艦には、敷設《ふせつ》艦としての機能もあり、三艦合計で一号機雷八〇個をブランチ水道の最狭部に仕掛けることができる。

機雷を敷設しておけば、魚雷を使うまでもなく、五隻の敵艦全てを仕留められたかもしれない。

だが、八艦隊司令部からも、馬場「龍田」艦長からも、機雷敷設の指示はなく、警戒隊は好機を逃してしまったのだ。

昼間の航空偵察では、敵の一部隊しか発見できず、ブランチ水道からの侵入を図る別働隊を見落としたのが原因かもしれない。

「水雷より艦長。敵一番艦、本艦の右一〇五度、距離一四《ヒトヨン》(一四〇〇メートル)。針路二六五度。速力一六ノット」

水雷長関根修《せきねおさむ》中尉が報告した。

「雷撃諸元は?」

「方位三四五度、雷速三八ノット、駛走《しそう》深度二メートル、開口角二度にて発射します」

「いいだろう。発射の時機判断は任せる」

関根の報告を受け、岡田は応えた。

敵艦隊は、「夕凪」の右舷側を通過してゆく。

月光に照らされたケント級重巡の姿が、艦橋から見えている。

後ろに傾斜した三本の巨大な煙突が、外観上の特徴だ。

主砲塔の向きまでは分からない。

ムンダを砲撃するつもりなら右に向けられているであろうが、島影に潜む三隻の存在を察知していれば、左舷側に向けられている可能性もある。

艦上に発射炎が閃く様が、脳裏に浮かぶ。背筋に、冷たいものを感じないではいられない。

だが、敵一番艦は針路、速度共変えることなく、「夕凪」の右舷側を通過してゆく。

敵二番艦が、続けて通過する。一番艦と同じ艦形だ。

二番艦が通り過ぎる直前、「朝凪」の艦尾甲板から信号が送られた。

「『龍田』、本艦、魚雷発射完了」

と報せている。

「水雷より艦長。今より発射します！」

関根が報告を上げた。

艦橋の後ろから圧搾《あっさく》空気の排出音が届き、次いで水音が聞こえた。

月光の下、白い航跡が艦から遠ざかってゆく様が微かに見えた。

警戒隊の三隻は、時間差を置いて、合計一八本の魚雷を発射したのだ。

「夕凪」の艦首甲板から、信号員が「本艦、魚雷発射完了」と報告を送る。

「朝凪」からも、新たな信号が送られる。

「右砲戦」と指示している。

至近距離からの雷撃とはいえ、一八本の六年式魚雷で、敵全艦を仕留められるとは考え難《にく》い。

「龍田」の馬場艦長は、雷撃に続いて砲戦に入るつもりであろう。

「艦長より砲術、右砲戦」

「右砲戦。宜候！」

岡田の命令に、松尾は張り切った声で返答した。

雷撃が失敗すれば、ケント級重巡の二〇・三センチ主砲、パース級軽巡の一五・二センチ主砲が警戒隊に向けられる。

警戒隊の主砲は、「龍田」が一四センチ単装砲四基、「朝凪」「夕凪」が一二センチ単装砲四基ずつだ。

豪州艦隊の砲撃を受ければ、ひとたまりもなく殲滅される。

にも関わらず、松尾に怯えた様子はなかった。

「夕凪」の前甲板で、一、二番主砲が右に旋回する。

後甲板でも、三、四番主砲が右舷に向けられたはずだ。

警戒隊の三隻は、すぐにでも砲戦に移れるよう準備を整え、魚雷の目標到達を待っている。

このときTG19・2は、ムンダの日本軍飛行場に向かって砲門を開こうとしていた。

「艦長より砲術。星弾《スターシェル》を発射せよ」

フランク・ゲッチング「キャンベラ」艦長が射撃指揮所に命じるや、二〇・三センチ主砲の砲声が鳴り渡り、基準排水量九七五〇トンの艦体が僅かに震えた。

若干の間を置いて、ニュージョージア島の南岸上空で星弾が弾け、橙色《だいだいいろ》の光が地上に降り注ぎ始めた。

「敵飛行場を視認できるか？」

「できます」

ゲッチングの問いに、「キャンベラ」砲術長キース・ハワード中佐が答えた。

「各艦に命令。飛行場そのものよりも、少し内陸に入った場所を重点的に砲撃しろ。ジャップの設営部隊が隠れているはずだ」

クラッチレー司令官が下令した。

建設中の飛行場よりも、設営部隊の将兵を殺傷する方が効果的だ。

人がいなければ、飛行場の建設はできず、日本軍の作戦計画を遅延させることができる。

「艦長より砲術。目標、飛行場後方の密林」

「アイアイサー。目標、飛行場後方の密林」

ゲッチングの命令に、ハワードが復唱を返した。

後続する「オーストラリア」にも、同じ命令が伝えられる。

「キャンベラ」の主砲塔が旋回し、砲身の仰角が上げられる。

その動きが停止したとき、

「水測より艦橋。左後方より魚雷航走音！」

泡を食ったような報告が、艦橋に上げられた。

「魚雷だと⁉」

クラッチレーが叫んだとき、

「『オーストラリア』左舷に水柱確認！」

後部指揮所より、ほとんど絶叫と化した報告が飛び込んだ。

直後、炸裂音が二度連続し、夜気を震わせた。

「『オーストラリア』より通信。『左舷に魚雷二本命中。二番主機室、及び舵損傷。我を省《かえり》みず前進されたし』」

「キャンベラ」通信長マイケル・コンラッド少佐が報告を上げる。

「なんたること……！」

クラッチレーは絶句した。

舵の損傷は、人間に喩《たと》えるなら、アキレス腱《けん》を切断されたに等しい。敵地で動けなくなれば、まず助からない。

TG19・2が重巡一隻を戦列から失っただけではない。オーストラリア海軍は、数少ない貴重な大型の戦闘艦艇一隻を喪失したのだ。

「『ホバート』より通信。『〈バグレイ〉〈パターソン〉被雷』！」

コンラッドの新たな報告が、クラッチレーを更に打ちのめす。

被害は重巡一隻、駆逐艦二隻。

ＴＧ19・2の戦力は、ごく短時間のうちに半分以下に激減したのだ。

「どこからだ。どこから魚雷が来た⁉」

「左舷正横に、並進する艦影あり。軽巡一、駆逐艦二！」

クラッチレーの叫びに答えるかのように、艦橋見張員が報告した。

「司令官、パパレケ島の島影です。敵は島を背にして姿を隠し、雷撃して来たのです！」

オスカー・メイコム首席参謀が叫んだ。

クラッチレーは、ようやく事態を悟った。

オーストラリア艦隊は、地の利を活かして日本軍に奇襲を仕掛けるはずが、待ち伏せによる奇襲を受けたのだ。

「おのれ、ジャップ！」

怒りの叫びが、クラッチレーの口を衝《つ》いて出た。

日本軍よりも、敵に一杯食わされた自身に対する怒りだった。

「目標、左同航の敵艦隊！」

「ムンダ砲撃は中止ですか？」

「このままでは済まさぬ！」

メイコムの問いに、クラッチレーは叫び返した。

重巡二隻、軽巡一隻、駆逐艦二隻の艦隊が、軽巡一隻、駆逐艦二隻の小部隊に敗れるなど、あってはならないことだ。

このまま敵を取り逃がせば、オーストラリア海軍は世界に恥をさらすことになる。

何としても、あの三隻を沈めるのだ。

「目標、左前方の敵軽巡。準備出来次第、射撃開始！」

「アイアイサー。目標、左前方の敵軽巡」

ゲッチングの命令にハワードが復唱を返す。

この直前まで右舷を向き、ムンダの日本軍飛行場に狙いを定めていた二〇・三センチ主砲が左舷に向けられる。

砲口に発射炎が閃き、巨大な砲声が闇を震わせた。

ＴＧ19・２の発射炎は、警戒隊各艦の艦上からはっきりと認められた。

「来た、来た、来た、来たぞ！」

岡田静一「夕凪」艦長は叫び声を上げた。

島影に隠れての雷撃は成功したものの、戦果は中途半端だった。

魚雷が命中したのは、巡洋艦一隻、駆逐艦二隻であり、巡洋艦二隻は取り逃がした。

結果、警戒隊は、至近距離から敵の反撃を受けることになったのだ。

敵弾の飛翔音が轟き、前を行く「朝凪」と「龍田」の近くに水柱が奔騰する。

隊列の先頭で発射炎が閃く。

続いて、「夕凪」の前方でも閃光が走り、艦影を瞬間的に浮かび上がらせる。

「龍田」「朝凪」が反撃を開始したのだ。

「艦長より砲術。目標、敵二番艦。砲撃始め！」

岡田は、松尾久吉砲術長に下令した。

撃たれっぱなしでいるという法はない。至近距離であれば、旧式駆逐艦の一二センチ砲であっても威力を発揮するはずだ。

「目標、敵二番艦。砲撃始めます！」

松尾が復唱を返し、右舷側に向けて発射炎がほとばしる。

発射の反動が下腹を突き上げ、砲声が夜気を震わせる。

第一射では、命中弾はない。

「夕凪」が放った四発の一二センチ砲弾は、闇の中に消えている。

「龍田」が第二射を放った直後、その周囲に多数の水柱が奔騰した。「夕凪」の艦橋からは、「龍田」の艦体が撥ね上げられたように見えた。

水柱が崩れたとき、「龍田」は自ら発する炎によって、その姿をくっきりと夜の海面に浮かび上がらせていた。

「朝凪」「夕凪」との距離が、急速に詰まって来る。

「龍田」はたった今の被弾によって、行き足が止まったのだ。

「航海、取舵五度！」

「取舵五度。宜候！」

古賀航海長が岡田の命令を復唱し、舵輪《だりん》を左に回す。

「夕凪」は艦首を左に振り、炎上する「龍田」を回避する。

前方から黒煙が漂い流れ、「夕凪」の艦体や上部構造物にまつわりつく。

「朝凪」が「龍田」の左舷付近を通過し、「夕凪」も「龍田」を追い抜く。

「龍田」の惨状が、視界に入って来る。

艦の前部は無傷だが、後部は炎と黒煙に包まれている。

敵弾は「龍田」の艦内深く食い入り、缶室で爆発したのかもしれない。

「龍田」は現役《げんえき》の軽巡の中では最古参《さいこさん》であり、艦齢は二三年に達する。

老朽《ろうきゅう》化の進んだ艦体に、重巡の二〇・三センチ砲弾が二〇〇〇メートル前後の近距離から撃ち込まれたのだ。

一撃で行動不能になったのは、当然かもしれない。

「夕凪」が龍田の前に出たとき、「朝凪」がそそり立つ水柱に揉みしだかれている光景が視界に入って来た。

敵一番艦は「龍田」を行動不能に陥れた後、「朝凪」に砲門を向けて来たのだ。

「朝凪」は、二隻の巡洋艦から集中砲撃を受けることになる。

「『朝凪』を援護しろ。撃て！」

岡田は、松尾に下令した。

心なしか、主砲の発射間隔が短くなったように思える。

神風型駆逐艦の一二センチ砲弾は人力で装塡するため、砲手の腕次第で速射が可能なのだ。

松尾が砲員たちを叱咤激励《しったげきれい》したのかもしれない。ほどなく、敵二番艦の艦上に爆発光が閃く。

一度だけではない。二度、三度と連続し、後部に炎が揺らめき始める。

「砲術、その調子だ。弾薬庫が空になるまで撃ちまくれ！」

岡田は、けしかけるような命令を出した。

「夕凪」の一二センチ砲が、更に吠《ほ》え猛る。

敵二番艦の艦上に新たな閃光が走り、火災炎が揺らめく。

これなら勝てるかもしれない。旧式駆逐艦が巡洋艦に打ち勝てば快挙だ――そんな希望が浮かぶ。

その直後、前方に巨大な閃光が走った。

巨大な火焰が海上に湧き出し、「朝凪」の姿が瞬時に消失した。

報告を受けるまでもなく、何が起きたのかは分かる。

「朝凪」は大爆発を起こし、轟沈《ごうちん》したのだ。

状況から考えて、魚雷の誘爆ではない。機雷か爆雷の誘爆かもしれない。

「取舵を切ります！」

古賀が宣言するように言い、舵輪を回す。

「夕凪」が艦首を左に振り、「朝凪」の火災炎を回避する。

海上に出現した巨大な炎は、早くも小さくなりつつある。炎の周囲には、水蒸気が発生している。

残骸と化した「朝凪」が沈むことで、火災も消し止められようとしているのだ。

「朝凪」の火災炎が艦橋の死角に消えた直後、右舷側海面に発射炎が閃いた。

「来るぞ！」

岡田の叫び声に、敵弾の飛翔音が重なった。

轟音が「夕凪」の頭上を通過し、左舷側に複数の水柱を噴き上げる。

艦橋からは、頂《いただき》が見えないほどの高さだ。

「夕凪」の艦体は爆圧を受け、大きく揺さぶられる。

その動揺が収まらぬうちに、新たな敵弾が飛来する。

水柱、爆圧共に、先のものよりも小さい。敵二番艦の射弾だ。「夕凪」の砲撃で火災を起こしながらも、戦闘力は失っていない。

（本艦も『朝凪』と同じ運命か）

たった今見たばかりの、僚艦の惨状が脳裏に浮かんだ。

旧式駆逐艦一隻と巡洋艦二隻では勝負にならない。「朝凪」のように大爆発を起こして轟沈するか、複数の敵弾を受け、ぼろ屑《くず》のようになって沈むか、いずれにしても行き着く先は同じだ。

「夕凪」の主砲は、なお砲撃を続ける。

艦がどのような結末を迎えるにせよ、砲が一門でも残っている限り、最後まで戦うのだ。

敵一、二番艦の第二射が飛来する。

敵弾の飛翔音が轟き、「夕凪」の右舷側、あるいは左舷側の海面に、敵弾落下の水柱がそそり立つ。

爆圧が艦底部を突き上げ、基準排水量一二七〇トンの艦体が上下に揺さぶられる。

（次は直撃が来るな）

岡田は、そう直感した。

彼我の距離は二〇〇〇メートル前後。夜間とはいえ、何度も空振りを繰り返すことはないはずだ。

次の敵弾で、「夕凪」は引導《いんどう》を渡される。

――だが、直撃弾炸裂の衝撃はなかった。

新たな敵弾の飛来もない。

「どうした……？」

訝った岡田の耳に、見張員の歓喜の叫びが飛び込んだ。

「敵一番艦の至近に弾着！　味方の砲撃です！」

3

「第一射、敵一番艦の右舷付近に弾着！」

「砲撃続行！」

射撃指揮所から上げられた報告を受け、軽巡洋艦「夕張」艦長阪匡身《ばんまさみ》大佐は下令した。

「夕張」の前甲板に発射炎が閃き、砲声が甲板上を駆け抜けた。

一番主砲一門、二番主砲二門、合計三門の一四センチ砲の発射だ。

前方に向けて撃っているため、急制動をかけるような衝撃が伝わる。

後方からは、第一八戦隊旗艦「天龍」と第六戦隊の四番艦「衣笠」の砲声が伝わる。

前者は一四センチ砲二門、後者は二〇・三センチ砲四門を、敵艦に向けている。

敵の前甲板にも、発射炎が閃いた。

「あれがケント級か」

瞬間的に浮かび上がった敵の艦影を見て、阪は呟いた。

敵一、二番艦がケント級の重巡、三番艦がパース級の軽巡であることは、「龍田」の報告電によって判明している。

「夕張」にとっては強敵だが、後方には「天龍」と「衣笠」が続いている。

正面からの撃ち合いなら、引けを取らないはずだ。

敵弾の飛翔音が聞こえて来た。全弾が「夕張」の頭上を飛び越え、後方に落下した。

「よし、敵の目がこっちを向いた！」

阪は大きく頷いた。

新たな敵艦隊がブランチ水道に出現したとの報告電が受信されたとき、三川軍一第八艦隊司令長官は、

「一八戦隊並ビニ『衣笠』ハ警戒隊ヲ援護セヨ」

と命じた。

第八艦隊本隊を二分し、「鳥海」以下の四隻で敵

の本隊を、一八戦隊と「衣笠」で別働隊を、それぞれ相手取るのだ。

隊列の後方に位置していた三隻は右一斉回頭をかけ、「夕張」を先頭に、新たな敵に突進した。

警戒隊を救援するためには、敵の注意を引きつけなければならない。

三隻は敵一番艦目がけて第一射を放ち、敵の目を一八戦隊に向かせることに成功したのだ。

残念ではあるが、救援は間に合わなかった。

「朝凪」は轟沈、「龍田」は航行不能に陥り、健在なのは「夕凪」だけだ。

だが警戒隊は、犠牲と引き換えに大戦果を上げた。

雷撃によって、敵巡洋艦一隻、駆逐艦二隻を撃破したのだ。

残った二隻――ケント級、パース級各一隻を撃沈すれば、「龍田」と「朝凪」の仇は討てる。

もっとも、ケント級、パース級の火力は「夕張」よりも大きい。

沈められるのは、こちらかもしれない。

ケント級の艦上に発射炎が閃き、やや遅れてパース級も続く。

発射の瞬間、艦影がくっきりと浮かび上がる。

日本側の第二射弾が着弾する。

敵の艦上に、新たな爆炎はない。「夕張」「天龍」「衣笠」の第二射は、全弾が外れたようだ。

「夕張」が第三射を放ち、「天龍」「衣笠」が続いた。

発射の反動が艦を刺し貫き、一四センチ砲、二〇・三センチ砲の砲声が時間差を置いて轟いた。

「旗艦より受信。『右魚雷戦』！」

弾着を待つ間に、通信長深津太郎《ふかつたろう》大尉が報告した。

「艦長より水雷。右魚雷戦！」

「右魚雷戦。宜候！」

阪の命令に、水雷長相沢喜多一《あいざわきたいち》少佐が復唱を返す。

（すれ違いざまの雷撃か）

第一八戦隊司令官松山光治《まつやまみつはる》少将の意図を、阪は汲《く》み取った。

日本海軍 夕張型軽巡洋艦「夕張」

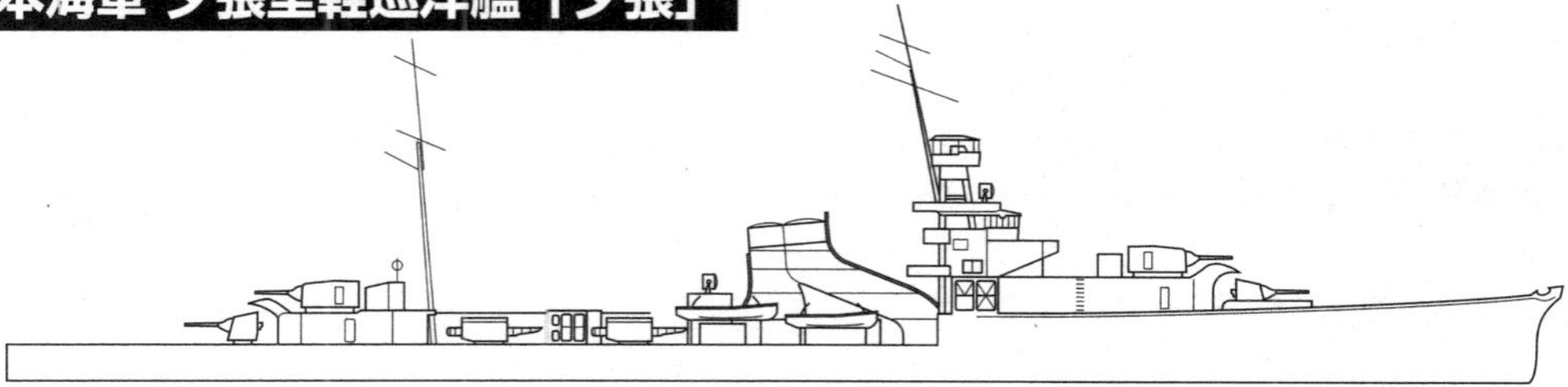

全長	139.0m
最大幅	12.0m
基準排水量	2,890トン
主機	ギヤードタービン 3基／3軸
出力	57,900馬力
速力	35.5ノット
兵装	14cm 50口径 連装砲 2基 4門 14cm 50口径 単装砲 2門 8cm 40口径 単装高角砲 1門 61cm 連装魚雷発射管 2基 爆雷投射機 2基／爆雷投下軌条 2基／爆雷 38個
乗員数	328名
同型艦	なし

日本海軍が運用する軽巡洋艦で、同型艦はない。主砲および魚雷発射管をすべて艦の中心線上に配置することで、基準排水量2,890トンという小艦でありながら、球磨型、長良型の5,500トン型軽巡洋艦と同等の砲雷力をもつ。その一方、艦体容積に余裕がなく、のちに航空兵装の追加を検討されながらも、断念せざるを得なかった。しかし、この「コンパクトな艦体に重武装を施す」設計は、古鷹型重巡洋艦など軍縮条約下での建艦に活用されており、本艦は実験艦としての役割を果たしたとも言える。

大正12年7月末に竣工した本艦は、先述した通り、今次大戦の勃発に際して兵装を近代化するにも艦体容積の制約があり、ほぼ竣工時の姿で参戦している。だが、誘導煙突と塔型艦橋など近代的で美しい艦形は、その後に就役した新型艦にも劣らぬものがあり、広く国民に親しまれている。

敵弾の飛翔音が聞こえ始める。急速に拡大し、頭上を圧する。

「来るぞ！」

阪が叫び声を上げたとき、夜目にも白い水柱が右舷側海面に奔騰し、「夕張」の艦体が僅かに左へと傾いた。

右舷至近に落下した敵弾の爆圧が、艦底部を突き上げたのだ。

続けて、敵二番艦の射弾が落下する。

こちらは大きく外れたらしく、弾着の水柱は見えない。水中爆発の音から、それと分かるだけだ。

「流石は重巡の砲弾！」

阪は、敵を睨み据えて呟いた。

「夕張」は軽巡に類別されるが、艦の重量は小さい。基準排水量二八九〇トンは、駆逐艦とさほど変わらない。

それだけに敵弾落下の衝撃は、一際強く感じられる。

「艦長より砲術、第三射はどうか？」

「全弾、目標の左舷付近に落下」

「了解。砲撃を続行せよ」

砲術長荒瀬《あらせ》潤三《じゅんぞう》大尉の答を受け、阪は命じた。

空振りを繰り返したことについて、砲術長を責めるつもりはない。

反航戦は相対速度が大きいため、命中率はどうしても低くなる。

日露戦役の帰趨《きすう》を決定づけた日本海海戦でも、反航戦時の命中率は、同航戦時に比べて半分程度だったことが明らかになっている。

しかも、今は夜間だ。直撃弾を得るのは、昼間以上に難しい。

江田島卒業後は砲術を専門に選び、艦船勤務でひたすら腕を磨き続けた阪でも、今の状況下で高い命中率を叩き出せる自信はない。

一発でも二発でも命中弾を得られると信じ、砲撃を続けるだけだ。

「夕張」の前甲板に、新たな発射炎がほとばしり、砲声が夜の海面をどよもす。一四センチ単装砲と連装砲各一基三門の砲撃だ。

後方からも「天龍」「衣笠」の砲声が届き、砲弾の飛翔音が「夕張」の頭上を通過する。

右前方でも、二隻の敵艦が射弾を放つ。

閃光は、敵の艦影だけではなく、ニュージョージア島やレンドバ島の稜線《りょうせん》をも浮かび上がらせる。

「旗艦より受信。『魚雷発射始メ』」

「艦長より水雷。『魚雷発射始メ』！」

深津通信長の新たな報告を受け、阪は相沢水雷長に命じた。

「魚雷発射始めます！」

相沢が復唱を返した。

笑み崩れた表情が想像できる声だ。阪の命令を、待ち焦《こ》がれていたのかもしれない。

「第四射、全弾目標の左舷付近に落下」

間を置かずに、荒瀬砲術長が報告する。

その声に、敵弾の飛翔音が被さる。
一、二番艦とも、敵弾は全て左舷側海面に落下し、水柱が高々とそそり立つ。
爆圧は、先のものよりも大きい。敵の弾着も、精度を上げている。

「本艦、魚雷発射完了！」

艦の動揺が収まったところで、相沢が報告した。

「夕張」の雷装は六一センチ連装発射管二基だ。

魚雷は大正年間に制式化された八年式二号魚雷であり、雷速も、炸薬量も最新の酸素魚雷より劣るが、敵の艦底部を食い破る力はあるはずだ。

「天龍」「衣笠」も魚雷を放ったと思われるが、状況は不明だった。

「夕張」は、第五射を放った。

砲声はこれまでのものより大きく、艦は僅かに左舷側へと傾いた。

目標を射界に捉えた三、四番主砲が、砲撃に加わったのだ。

単装と連装各二基から放たれた六発の射弾が、闇を衝いて飛翔する。

ケント級の甲板上に閃光が走り、赤い光が揺らめき始めた。

「砲術、うまいぞ！」

阪は荒瀬に賞賛の言葉を送った。

夜間の反航戦という悪条件下にありながら、第五射で命中弾を得たのだ。

喜びも束の間、敵弾が飛来する。全弾が「夕張」の頭上を飛び越し、左舷側海面に落下する。

左舷至近に複数の水柱が突き上がり、艦は右舷側に大きく傾いた。艦が横転するのではないか、と錯覚するほどだった。

僅かに遅れて、敵二番艦の射弾が飛来する。

今度は右舷至近に水柱が奔騰し、「夕張」は左舷側に傾斜する。

「斉射だな」

艦が激しく動揺する中、阪は呟いた。

後部の主砲が目標を射界に捉えたのは、敵も同じだ。敵一、二番艦は、全主砲を放ったのだ。

「機関長より艦長。四番缶室に浸水あれど、航行に支障なし！」

機関長林《はやし》真治《しんじ》中佐が報告する。

機関部は艦の心臓であると同時に、艦底部からの爆圧を最も激しく受ける。

兵員が受けた打撃は相当なものだろうが、林の声は冷静だった。

「了解！」

阪の返答に、第六射の砲声が重なる。

一四センチ砲六門の砲声が轟き、発射の反動を受けた艦体が震える。

後方からも、「天龍」の一四センチ主砲、「衣笠」の二〇・三センチ主砲の砲声が届く。

入れ替わりに、ケント級、パース級の射弾が飛来する。

「夕張」の左右両舷付近に多数の水柱が奔騰し、後部から炸裂音と衝撃が伝わった。

直撃弾の衝撃と艦底部から伝わる爆圧に、「夕張」の艦体は激しく震えた。

艦全体が見えざる手に揺さぶられているように、上下に振動する。このまま、海底に引き込まれるのではないか、という気がした。

「水雷より艦長。二番発射管に被弾！」

「機関長より艦長。三番缶停止。速力三〇ノットに低下！」

相沢と林の報告に対し、阪は「了解」とのみ返答する。

(不幸中の幸いだ)

と、腹の底で呟く。

魚雷発射管は既に雷撃を終え、空になっている。直撃弾を受けても、誘爆の恐れはない。

ただ、発射管に取り付いていた水雷科員を失ったのは惜しいが――。

「第六射、一発命中！『天龍』『衣笠』も命中弾を得た模様！」

射撃指揮所の荒瀬が、弾んだ声で報告を送った。

阪は、ケント級に目を向けた。

火災が起きているらしく、艦影が赤々と浮かび上がっている。艦の外観を特徴付けている三本煙突までもが見える。

「夕張」は第七射を放った。

主砲は右正横に向けられ、砲身は水平に近い角度まで倒されている。双方、敵を真横に見ながらの撃ち合いだ。

ケント級の艦上にも発射炎が閃き、火災炎が大きく揺らめく。火災を起こしながら砲撃する様は、海上の赤鬼《あかおに》さながらだ。

それを最後に、ケント級が「夕張」の艦橋から見えなくなった。敵艦は、死角に入ったのだ。

「第七射、一発命中！」

「目標、敵二番艦。一斉撃ち方！」

荒瀬の報告を受け、阪は目標の変更を指示した。

前部の主砲は、敵一番艦を射界に捉えられなくなる。目標を変更した方が、敵により大きな打撃を与えられるはずだ。

「目標、敵二番艦。一斉撃ち方。宜候！」

荒瀬が即座に復唱を返す。

「夕張」が新目標に照準を合わせている間に、敵の射弾が落下する。

今度は、被弾はない。

ケント級の二〇・三センチ砲弾は「夕張」の頭上を飛び越え、左舷側に水柱を噴き上げただけだ。

火災煙に妨《さまた》げられ、照準が困難になっているのかもしれない。

敵二番艦の射弾も「夕張」の正面に落下し、多数の水柱が突き上がる。

「夕張」は艦首で水柱を突き崩しながら、なおも突進する。

「敵二番艦への照準完了。主砲、射撃準備よし」

「撃ち方始め！」

荒瀬の報告を受け、阪は即座に下令した。

「夕張」の主砲が新目標への第一射を放った直後、唐突にそれは起きた。

敵二番艦の右舷前部で飛沫が上がったかと思うと、巨大な海水の柱が凄まじい勢いで突き上がったのだ。

水柱が崩れるや、それに取って代わるように火柱が出現し、艦の姿を隠す。

真っ赤な手が海中から出現し、艦を包み込んだかのようだ。

数秒の時間差を置いて、おどろおどろしい炸裂音が「夕張」の艦橋に届く。

魚雷一本だけの爆発音ではない。

おそらくパース級の主砲弾火薬庫付近に命中し、誘爆を引き起こしたのだろう。

「旗艦より受信。『右一斉回頭。回頭後の針路二五〇度』」

「航海、面舵一杯。針路二五〇度！」

深津通信長の報告を受け、阪は航海長磯野《いその》芳《かおる》大尉に命じた。

「面舵一杯。針路二五〇度！」

磯野が操舵室に下令する。

「夕張」はしばし直進を続けた後、艦首を右に振り始める。

直後、悲鳴じみた声で報告が飛び込んだ。

「み、右六〇度雷跡！」

「なに⁉」

阪が叫び返したとき、艦首から衝撃が襲って来た。

大量の飛沫が奔騰し、「夕張」は大きく後方に仰け反った。強烈な一撃が艦尾までを刺し貫き、金属的な大音響が響いた。艦そのものが苦痛に耐えかね、悲鳴を上げているかのようだった。

「機関長より艦長、機関停止しました！」

阪が命じるよりも早く、林機関長が報告を上げた。

衝撃から、艦を見舞った事態を悟ったのだろう。最大戦速で航進を続ければ、浸水が一気に進み、艦が沈むと判断したのだ。


「艦長、了解」

「艦長より副長。艦首に被雷。防水急げ！」

阪は林に返答し、次いで応急指揮官を務める副長島田英治《しまだえいじ》中佐に下令した。

「雷撃は、我が軍だけではなかったか」

阪は唇を噛《か》み締めた。

ケント級、パース級は、四連装の五三・三センチ魚雷発射管を左右両舷に一基ずつ装備している。

第一八戦隊がすれ違いざまに雷撃を敢行したのと同じように、敵も二艦合計八本の魚雷を放った。

その一本が「夕張」に命中し、艦首水線下を食いちぎったのだ。

「夕張」は前方に傾いたまま、停止している。

艦首周辺にかなりの海水を呑み込んだらしく、傾斜角が大きい。

まだ上甲板を海水が洗うほどではないが、沈下は徐々に進んでいるようだ。

「航海、一番近い陸地はどこだ？」

「北に直進すれば、ムンダ沖の浅礁《せんしょう》に行き当たります。艦を座礁させれば、乗員は救えると考えます」

磯野航海長の答を受け、阪は即断した。

「艦長より機関長。後進微速」

「航海、針路一八〇度」

林機関長を呼び出して機関の再始動を命じ、次いで磯野に命じる。

後進によって、浅礁の近くまで移動するのだ。浸水を食い止められないようであれば、艦を座礁させ、乗員を脱出させると決めた。

「後進微速。宜候」

「操舵室、取舵一杯。後進によって、艦首を一八〇度に向ける」

林が復唱を返し、磯野が操舵室に指示を送る。

「夕張」は、艦首を沈み込ませたまま、ゆっくりと後進を開始する。

艦尾が左に振られ、明滅する赤い光や複数の艦影が視界に入って来た。


戦闘は、まだ続いているのだ。


「本艦一隻だけになったか」

TG19・2司令官ヴィクター・クラッチレー少将は呻き声を発した。

作戦を開始した時点で、クラッチレーの指揮下には、重巡二隻、軽巡一隻、駆逐艦二隻があった。

この五隻で警戒が手薄なブランチ水道からムンダに突入し、日本軍が建設中の飛行場を叩き潰すはずだった。

ところが、思いがけない伏兵《ふくへい》がTG19・2を阻んだ。

島影から受けた雷撃によって、重巡「オーストラリア」と駆逐艦二隻が落伍し、続いて右前方から突進して来た小規模な部隊との交戦で、軽巡「ホバート」が落伍した。

旗艦「キャンベラ」も敵弾数発を受け、主砲塔一基、二ポンド連装ポンポン砲一基を失い、上甲板を損傷した。

「キャンベラ」以外の全艦を戦列外に失った今、ムンダ砲撃など思いもよらない。

アメリカ軍の重巡を中心に編成されたTG19・1も、日本艦隊との交戦によって、かなりの損害を受けたようだ。

目的が未達成に終わり、多数の艦を失った以上、作戦は完全に失敗したと言っていい。

こうなった以上、「キャンベラ」だけでも生還させなくてはならないが――。

「敵艦発砲！」

後部見張員から報告が届いた。

「キャンベラ」は「ホバート」が被雷した後、針路を二一〇度、すなわち南南西に取り、戦場からの離脱を図っている。

その「キャンベラ」を、敵が追って来たのだ。

先に「ホバート」を轟沈させた部隊に間違いない。

敵弾の飛翔音が「キャンベラ」に追いすがる。

左舷側海面に四本、右舷側海面に二本、それぞれ水柱が噴き上がる。前者の方が高く、太い。

重巡と軽巡、各一隻であろう。

「後部主砲にて応戦せよ」

「艦長より砲術。後部主砲にて応戦！」

クラッチレーの命令を受けたフランク・ゲッチング「キャンベラ」艦長が、射撃指揮所に下令する。

「目標、敵一番艦。射撃開始します」

キース・ハワード砲術長が報告し、一拍置いて艦橋の後方から砲声が伝わる。

後部の二〇・三センチ連装主砲二基が、四発の射弾を叩き出したのだ。

入れ替わりに、敵弾が飛んで来る。

今度は全弾が「キャンベラ」の頭上を飛び越え、前方に水柱を噴き上げる。

「キャンベラ」の艦首が水柱を突き崩し、大量の海水が前甲板に降り注ぐ。

先の砲戦で被弾し、破壊されたA砲塔の残骸や、健在なB砲塔の天蓋《てんがい》にも海水が叩き付けられ、激しい水飛沫を立てる。

「キャンベラ」も応戦する。

後部の二〇・三センチ主砲四門が咆哮し、四発の射弾が飛翔する。

双方共に、命中弾はない。

二〇・三センチ砲弾、一四センチ砲弾を海中に投げ込み合うだけだ。

第三射、第四射、第五射と、敵艦が射弾を繰り返し撃ち込む。

弾着の度、「キャンベラ」の左右、あるいは前後に弾着の水柱が奔騰する。

一度ならず至近弾が落下し、爆圧が艦底部を突き上げるが、直撃弾の衝撃はない。

命中弾を得られないのは「キャンベラ」も同じだ。

繰り返し発射する二〇・三センチ砲弾は、敵艦を捉えることなく、夜の海面に落下するだけだ。

ハワード砲術長から報告はなく、至近弾を得られているのかどうかも分からない。

はっきりしているのは、二隻の敵艦が追跡を断念していないことだけだ。

通算六度目の射弾が「キャンベラ」の左舷付近に落下した直後、

「命中！」

ハワード砲術長が、歓声混じりの報告を上げた。

「砲術、確かか？」

「間違いありません。敵一番艦の艦上に直撃弾の閃光を確認しました」

ゲッチングの問いに、ハワードは返答した。

「砲撃続行！」

ゲッチングが下令する。

敵艦が、一発や二発の被弾で追跡を諦めるとは思えない。

敵が沈黙するか、追跡を諦めて反転するまで、砲撃を続けるのだ。

「キャンベラ」の後部主砲二基が、なおも咆哮する。

発射の反動は後方からかかるため、艦尾を蹴飛ばされるような衝撃が襲って来る。

四発の二〇・三センチ砲弾が、既に被弾した敵一番艦目がけて飛翔する。

二度目の命中弾を、クラッチレーは期待したが――。

「敵艦、反転！　追跡を断念した模様！」

「砲撃を止めるな。擬態《ぎたい》かもしれん」

ハワードの新たな報告を受け、クラッチレーは即座に命じた。

「砲術、射撃を続けろ！」

ゲッチングがハワードに命令を送った。

「キャンベラ」の後部主砲が、なお咆哮する。

反転した敵艦目がけ、四発ずつの二〇・三センチ砲弾を撃ち込む。

新たな命中弾の報告はない。彼我の距離は、開く一方のようだ。

「敵艦失探《しったん》！」

ハワードが報告を上げた。安堵したような響きが感じられた。

「いいだろう。射撃中止せよ」

クラッチレーもまた、安堵を覚えつつ命じた。

「キャンベラ」の後部主砲が沈黙し、砲声が止む。

先の命中弾は、敵一番艦に重大な損害を与えたのかもしれない。

敵の指揮官は、被害が拡大する前に反転、離脱する道を選んだと考えられる。

「キャンベラ」は、辛くも敵艦から逃げ切ったのだ。

「艦長、針路、速度共このまま。友軍との合流地点に向かう」

「針路、速度共このまま。友軍との合流地点に向かいます」

クラッチレーの命令にゲッチングが復唱を返したとき、唐突にそれは起きた。

左前方から、白く太い光の光芒《こうぼう》が伸び、「キャンベラ」を捉えたのだ。

「まさか……！」

クラッチレーが愕然《がくぜん》として叫んだとき、射撃指揮所から報告が上げられた。

「前方に敵艦。巡洋艦四。距離六〇〇〇ヤード（約五五〇〇メートル）！」

「司令官、敵の本隊です！」

オスカー・メイコム首席参謀が叫んだ。

敵から逃げ切ったと思ったのは早計《そうけい》だった。より強力な敵の本隊が、「キャンベラ」の前方に立ちはだかったのだ。

「艦長、取舵だ。レンドバ島の島影に逃げ込め！」

「探照灯の光源を目標に砲撃せよ！」

クラッチレーは、咄嗟に二つの命令を発した。

敵に応戦しつつ、レンドバ島に接近する。

島影に隠れられれば、逃げ切れる可能性はあると睨んだのだ。

「航海、取舵一杯。レンドバ島に接近しろ！」

「艦長より砲術。目標、照射中の敵艦。準備出来次第射撃開始！」

ゲッチングが、ヘンリー・ミルズ航海長とハワード砲術長に命じた。

「取舵一杯。針路一八〇度！」

「目標、照射中の敵艦。射撃開始します！」

ミルズが操舵室に下令し、ハワードが命令を復唱する。

「キャンベラ」は、すぐには艦首を振らない。

依然、前方の敵艦隊目がけ、直進を続けている。

前方に、多数の閃光が走った。

敵巡洋艦四隻の艦影が、瞬間的に浮かび上がった。

先頭の敵艦は、小山のようなヴォリュームのある艦橋を持っている。おそらく高雄型《タカオ・タイプ》――妙高型《ミョウコウ・タイプ》と並んで、戦闘力の高さで知られる重巡であろう。

「キャンベラ」の前甲板に発射炎が閃いた。

前方に向けて発射可能な唯一の主砲塔、B砲塔が、二発の二〇・三センチ砲弾を叩き出したのだ。

入れ替わりに、多数の敵弾が立てる飛翔音が、急速に拡大した。

破局を予感し、クラッチレーが叫び声を上げたとき、多数の水柱が「キャンベラ」の周囲に奔騰した。

直撃弾炸裂の衝撃が、無数の拳のように艦を打ちのめした。

4

「参謀長、『夕凪』より溺者《できしや》救助終了の報告が届きました。『龍田』乗員一五三名を救助したとの報告です」

第八艦隊通信参謀森虎男少佐が、旗艦「鳥海」の艦橋に上がって報告した。

七月一日の七時四〇分（現地時間九時四〇分）だ。

昨夜、ニュージョージア島ムンダへの攻撃を試みた敵艦隊は姿を消しており、ムンダ沖に展開しているのは、第八艦隊だけだ。

第八艦隊司令長官三川軍一中将は、敵艦隊がムンダ沖から立ち去ったと判断した時点で、沈没艦の溺者救助を命じている。

警戒隊の「龍田」「朝凪」の乗員救助は、同隊でただ一隻生き残った「夕凪」が担当し、夜通しで作業に当たったが、たった今、生存者全員の収容が終わったのだ。

「生還率は五割に満たぬか」

いかにも口惜《くちお》しい――そんな口調で、大西新蔵参謀長が言った。

「『朝凪』はどうだ？」

「残念ですが、生存者なしとの報告が届いております」

大西の問いに、森は沈痛な声で答えた。

「致し方なし、か」

傍らで聞いていた三川軍一司令長官は、ぼそりと呟いた。

「朝凪」が大爆発を起こしたときの光は、離れた海面で戦っていた「鳥海」の艦橋からもはっきり視認できた。

状況は不明だが、主砲弾火薬庫、爆雷、機雷のいずれかが誘爆を起こしたのだろう、と三川は推測している。

「朝凪」は、大正一三年に竣工した神風型駆逐艦の一艦だ。

誘爆のエネルギーは、艦齢一八年に達する老兵の艦体を、瞬時に粉砕したに違いない。

「『夕張』はどうかね？」

「出し得る速力は八ノットですが、航行は可能との報告が届いています」

「不幸中の幸いだな」

森の答を聞き、三川は頷いた。

「夕張」は軽巡に類別されているが、実質的には「重武装を持つ駆逐艦」に近い。

排水量の割に火力は大きいが、防御力は乏しい。

その「夕張」が被雷したと聞いて、沈没を覚悟したが、阪艦長以下の乗員はよく持ち堪《こた》えたようだ。

「損害の集計は、『龍田』『朝凪』沈没、『夕張』大破、本艦と『加古』『衣笠』小破となります。軽視できる被害ではありませんが、我が軍よりも遥かに大きな被害を敵に与えて撃退したのですから、勝利と判断できます」

大西の言葉を受け、三川は頷いた。

「戦争をしている以上、損害なしとはいくまい。何よりも、我が軍は作戦目的を達成している。今は、勝利を喜ぶべきだろう」

ムンダ突入を図った敵艦隊の陣容と第八艦隊が上げた戦果については、救助した敵の沈没艦乗員の供述により、既に判明している。

レンドバ島の南西沖から回り込んで来た敵の本隊は、ニューオーリンズ級重巡三隻、ノーザンプトン級重巡、ブルックリン級軽巡各一隻、バグレイ級駆逐艦四隻だ。

第八艦隊本隊は砲戦によって、重巡「サンフランシスコ」「ミネアポリス」を撃沈、同「ノーザンプトン」を撃破した。

このときの砲戦で、「鳥海」「加古」が被弾したが、損害は軽微であり、戦闘航行に支障はない。

一方、ブランチ水道経由でムンダ突入を図った敵艦隊は、豪州海軍の所属艦を中心にしたもので、重巡「キャンベラ」「オーストラリア」、軽巡「ホバート」、バグレイ級駆逐艦二隻で編成されていた。

こちらには、ブランチ水道出口の警戒に当たっていた「龍田」「朝凪」「夕凪」と、第八艦隊本隊から分派された「衣笠」「天龍」「夕張」が当たり、砲雷撃によって「キャンベラ」以外の四隻を撃沈破した。

警戒隊の雷撃を受け、速力が大幅に低下した重巡「オーストラリア」、駆逐艦二隻は、ブランチ水道から避退を図ったが、「衣笠」「天龍」が追撃し、砲撃によって止めを刺した。

ただ一隻残った「キャンベラ」は、八艦隊本隊の重巡四隻が集中砲火を浴びせ、撃沈した。

合計すると、重巡四隻、軽巡一隻、駆逐艦二隻の撃沈、重巡一隻の撃破となる。

日本側に重巡の喪失艦が一隻もないことを考えれば、大勝利と言っていい。

特筆すべきは、警戒隊の働きだ。

帝国海軍の軽巡の中では最も古い天龍型一隻、旧式駆逐艦の神風型二隻から成る小部隊が、敵の別働隊に待ち伏せの雷撃を敢行し、重巡一隻、駆逐艦二隻を落伍に追い込んだのだ。

彼らがブランチ水道の出口にいなければ、建設中のムンダ飛行場は大損害を受け、飛行場の建設そのものが頓挫《とんざ》したかもしれない。

戦闘詳報では、「龍田」以下三隻の活躍について強調しなければならないだろう。

「考えてみますと、危ないところでした。敵の全戦力は、我が方を上回っていたのですから」

大西が言った。

米豪艦隊の戦力を合計すると、重巡六隻、軽巡二隻、駆逐艦六隻となる。

戦力、特に主力となる重巡の数は、第八艦隊を上回る。

別働隊がブランチ水道からの侵入を図らず、本隊と共に正面から攻撃して来れば、第八艦隊は敗北していたかもしれない。

敵が小細工《こざいく》を弄《ろう》したことが、日本側にとっては幸いしたと言える。

「敵は、どうして別働隊をブランチ水道に回り込ませたのでしょうか？　私には、そのことが気になっていたのですが」

疑問を提起した首席参謀神重徳大佐に、三川が答えた。

「米艦隊と豪艦隊は行動を共にするのが難しかったから、かもしれぬ」

豪州は英連邦の一員であり、米国とは盟邦の関係にあるが、艦隊の命令系統は別々だ。

また、豪州海軍の艦艇は英国製であり、米艦とは運動特性が異なる。

これらの事情から、米豪艦隊は別行動を取ると決めたのではないか、と三川は推測した。

「長官のおっしゃる通りかもしれませんな」

頷いた神に、三川は言った。

「私が言ったことは、あくまで推測だ。事実は、敵の捕虜を尋問《じんもん》すればはっきりするだろう」

そこまで言ったとき、後部見張員が報告を上げた。

「方位三一五度より飛行機の編隊。高度四〇《ヨンマル》（四〇〇〇メートル）。味方機らしい」

「来たか」

「来ましたな」

三川は大西と顔を見合わせ、頷き合った。

昨夜の戦闘終了後、第八艦隊はラバウルの第二五航空戦隊に、

「敵ハ『ムンダ』攻撃ヲ断念シ遁走セリ。敵残存艦艇ハ巡洋艦三、駆逐艦四。航空機ニヨル追撃ノ要有リト認ム。二三〇〇《フタサンマルマル》（現地時間七月一日一時）」

と打電している。

二五航戦司令部は、残敵掃討の要請を受け、陸攻隊を出撃させたのだろう。

ほどなく、「鳥海」の艦橋にも爆音が届き始めた。

「味方機は梯団二《フタ》。陸攻約四〇」

後部見張員が、新たな報告を上げた。

「鳥海」でも、八艦隊隷下の各艦でも、歓声が上がった。

手が空いている乗員が帽子を振りながら、陸攻隊に声援を送った。

その声を受けながら、約四〇機の一式陸攻は、遁走した米艦隊を追い求め、第八艦隊の頭上を通過していった。

第六章　反攻の一手

1

「重巡四、軽巡一、駆逐艦二撃沈、重巡一撃破か」

戦闘詳報に目を通しながら、戦艦「大和」艦長高柳儀八少将は呟いた。

瀬戸内海の柱島泊地に停泊している「大和」の艦長室だ。

六月一六日のサンタイサベル沖海戦終了後、「大和」は機動部隊の僚艦と共に内地に帰還し、呉海軍工廠で修理を受けた。

その間に、ニュージョージア島ムンダの沖で夜戦が生起したのだ。

同海戦は、大本営によって「ニュージョージア沖海戦」の公称が定められ、日本軍の勝利と大戦果が発表されている。

第八艦隊の戦闘詳報は、連合艦隊司令部を通じて、各艦隊や戦隊の司令部、主だった艦の艦長に届けられていた。

「敵の残存艦はムンダ沖より遁走したが、その後二五航戦の陸攻隊が攻撃し、重巡、駆逐艦各一を撃沈、重巡一を撃破した。我が方の損害は『龍田』『朝凪』沈没、『夕張』大破、『鳥海』『加古』『衣笠』小破。他、陸攻五機が未帰還となった……」

「大戦果ではありませんか」

砲術長の松田源吾中佐が、感嘆《かんたん》の声で言った。

「撃沈だけでも、重巡五、軽巡一、駆逐艦三です。我が方の圧勝です」

「陸攻の被害が、意外に多いですね」

飛行長の奥田重信少佐が、顔を曇らせた。

「マレー沖海戦では、戦艦、巡戦各一隻、駆逐艦四隻を攻撃して、陸攻の未帰還機は三機でした。今回、二五航戦が攻撃した米軍の残存艦隊は、巡洋艦三隻、駆逐艦四隻であり、英東洋艦隊よりも弱体です。にも関わらず、陸攻隊の被害はマレー沖よりも増えています」

「戦闘機が出て来たのではないか？」

松田砲術長の言葉に対し、奥田はかぶりを振った。

「戦闘機が出現したのであれば、陸攻の被害はより大きくなったでしょうし、戦果は僅少に終わったでしょう」

「陸攻の未帰還五機は、対空砲火のみによる被害ということか？」

「そのように推測できます」

「敵も力を付けているのかもしれぬ」

高柳が割り込むように言った。

「先のサンタイサベル沖海戦でも、対空砲火に墜とされた艦爆、艦攻が少なくなかったとの報告が、各航空戦隊から届けられている。対空砲火だけではない。本艦は、際どいところに追い詰められていた」

サンタイサベル沖海戦において、「大和」は敵の急降下爆撃を受け、後部の四番副砲を破壊された。

判定は「小破」だったが、副長梶原季義中佐は、「大和」が置かれていた危険な状況を指摘した。


副砲は防御力が乏しく、五〇〇キロ爆弾程度で容易《たやす》く破壊される。にも関わらず、その弾火薬庫は、第三砲塔の主砲弾火薬庫に隣接している。

ここが誘爆を起こした場合、被害は主砲弾火薬庫に拡大した可能性があるのだ。

後部の主砲弾火薬庫が誘爆を起こせば、「大和」は最悪の事態に見舞われる。

下手をすれば轟沈、被害が小さい場合でも後部の機械室が全滅し、航行不能に陥っていたかもしれないのだ。

軍令部は四番副砲を修理せず、応急処置として破孔を塞ぐだけに留める措置を採ったが、前部の一番副砲にも同じ危険が潜んでいる。

こちらは、未対策のままだ。

艦長としては、一抹《いちまつ》の不安を感じていた。

「敵は、またムンダに来るでしょうか？」

松田が疑問提起の形で話題を替えた。

何かを期待するような表情を浮かべている。

「水上砲戦で、本艦の出番があるかもしれない。そう考えているのか?」

「御明察です」

高柳の問いに、松田はニヤリと笑った。

「米豪軍は、危険を冒してムンダを襲撃して来ました。敵にとり、ムンダに建設中の我が軍飛行場が脅威になっていることは間違いないでしょう。巡洋艦による攻撃が失敗した以上、次は戦艦を繰り出して来るのではないでしょうか?」

戦艦が出て来るなら望むところだ、と言いたげだ。

「大和」が持つ本来の力――四六センチ主砲の圧倒的な破壊力を存分に発揮して、米戦艦と戦うことを期待しているのだろう。

「本艦には、大事な任務があるからな」

高柳は答えた。

「大和」の役目は、旗艦として機動部隊の指揮を執ることだ。優れた通信機器や水上機の運用能力を活用して敵情の収集に努め、戦場においては空母を守らねばならない。

サンタイサベル沖海戦では、「大和」が援護射撃を行ったことや、敵機を引きつけたことに対して、各空母の乗員が感謝しているという。

「『大和』と一緒なら、空母は安全だ」

「『大和』は、機動部隊の守護神となるために生まれて来たような艦だ」

そんな声までが聞こえて来る。

修理中の「翔鶴」や「瑞鶴」の乗員も、「大和」の援護を受けた一、二、四航戦を羨ましがり、

「次は、是非『大和』と一緒に戦いたい」

と希望しているという。

その「大和」を、山本長官が水上砲戦に投入するだろうか、と高柳は考えていた。

「敵がムンダ飛行場の建設阻止を考えているのであれば、手段は複数考えられます。砲術長が言われたように、砲戦部隊による攻撃も、その一つですが」

奥田の発言を受け、高柳は聞いた。

「飛行長が米軍の立場であれば、どのような手段を採る？」

「砲戦部隊による攻撃以外に、二つの手段が考えられます。第一に、潜水艦による補給線の寸断《すんだん》。第二に、ムンダに対する航空攻撃です。複数の手段を組み合わせることも考えます」

「我が軍は、サンタイサベル沖海戦で空母三隻を撃沈した。航空攻撃を実施できるだけの余力が、米軍にあるだろうか？」

松田の疑問に、奥田は机上に広げられているソロモン諸島の地図を指した。

「機動部隊以外にも、ソロモン諸島南部に飛行場を建設する手があります。米軍の設営部隊は、能力が非常に高く、手頃な平地さえあれば、三日ほどで小規模な飛行場を完成させることが可能です。八艦隊がラバウルに引き上げている間に、ソロモン南部の島に上陸しているかもしれません」

2

海風が、激しい音を立てて星条旗《せいじょうき》をはためかせた。

東の空から差し込む陽光は、地上で動き回る多数の車輛《しゃりょう》を照らし出している。

一〇台以上のブルドーザーが活発に動き回って、起伏の多かった草原を平らにならし、ブルドーザーに倍する数のトラックが、海岸と内陸の間をひっきりなしに往復している。

英連邦領ガダルカナル島の北岸にあるルンガ岬《みさき》の周辺だ。

昨日までは、何もない草原だった場所は、航空基地に変貌《へんぼう》を遂げつつあった。

「ムンダ沖で勝ったからといって、いい気になるなよ、ジャップ」

昨日——七月五日、ガダルカナルに上陸した第一海兵師団のウォルター・ビクセン大尉は、ニュージョージア島の日本軍に向かって呼びかけた。

六月三〇日の夜、合衆国とオーストラリアの連合国艦隊「ＴＦ19」は、ニュージョージア島ムンダの沖で、見るも無惨な敗北を喫した。

重巡「サンフランシスコ」「ミネアポリス」「キャンベラ」「オーストラリア」、軽巡「ホバート」、駆逐艦二隻が撃沈され、重巡「ノーザンプトン」が撃破された。

七月一日の夜明け後、ＴＦ19は一式陸攻《ベティ》約四〇機の空襲を受け、既に損害を受けていた「ノーザンプトン」と駆逐艦「ハンマン」が撃沈され、重巡「ヴィンセンズ」が損傷した。

日本軍に与えた損害は、軽巡、駆逐艦各一隻の撃沈と重巡三隻、軽巡一隻の撃破、ベティ数機の撃墜に過ぎない。

連合国艦隊は、僅か二日の間に六隻もの巡洋艦と三隻の駆逐艦を失ったのだ。

合衆国海軍はサンタイサベル沖海戦に続いて、日本軍に連敗したことになる。

本来であれば新たな攻勢を控え、戦力の回復に努めるところだが、合衆国軍は敢えてガダルカナル島に上陸する道を選んだ。

「日本艦隊の主力はラバウルに引き上げており、すぐには再出撃できる状態にない。ニュージョージア島の日本軍飛行場は未だ建設途上であり、同地に展開する航空部隊は水上機のみだ。ブーゲンビル島にも日本軍の飛行場はあるが、戦闘機用の小規模なものであり、脅威は小さい。今のうちにガダルカナルに上陸し、飛行場を建設すれば、ニュージョージア以南への日本軍の侵攻を食い止めることが可能であり、反攻のための足場にもできる」

太平洋艦隊司令長官チェスター・ニミッツ大将はこのように判断し、ソロモン、ニューギニア方面の作戦を担当する南西太平洋軍に、ガダルカナル上陸を命じたのだ。

一歩間違えれば、大被害を受けかねない危険を伴う作戦だったが、合衆国は賭けに勝ちつつある。

昨夜のうちに陸揚げされたブルドーザーは、ルンガ岬周辺の草原を瞬く間に平地へと変え、航空機用の燃料、弾薬、修理用部品なども運び込まれている。

設営部隊と飛行場の守りに当たるのは、アレクサンダー・バンデグリフト少将が率いる第一海兵師団の精鋭一万九〇〇〇人だ。

猛者《もさ》揃いで知られる海兵隊員は、飛行場の建設と並行して、日本軍の反攻作戦に備え、海岸上で防御陣地の建設に取りかかっていた。

「合衆国と日本では、底力が違うんだ。一度や二度の戦闘には敗北しても、最終的には我が軍が勝つ」

ビクセンは、そのことを信じて疑わない。

合衆国軍と日本軍の実力差は、基地の設営能力の違いに表れている。

日本軍がムンダ飛行場の建設に取りかかってから、一ヶ月近くが経つが、未だに滑走路らしきものはない。

樹木の伐採《ばっさい》をようやく終え、整地にかかったところだ。

一方合衆国がルンガ周辺に建設している飛行場は、早くも姿を現し始めている。

航空基地の設備を整えるまでには、もう少し時間が必要だが、グラマンＦ４Ｆ〝ワイルドキャット〟やダグラスＳＢＤ〝ドーントレス〟といった単発機であれば、離着陸が可能な程度まで来ているのだ。

密林地帯と平地の差はあるものの、飛行場の建設競争については、勝敗は既に決していた。

「奴らは珊瑚海海戦の失敗に懲《こ》りて、慎重にことを進めたのだろうな」

ビクセンの上官で、第二大隊を率いるドリー・デイクソン少佐が言った。

「奴らがその気になれば、足飛びにガダルカナルまで来られたはずだ。だが、ガダルカナルは奴らの基地があるラバウルから、五六〇浬もの距離がある。

そのような場所に手を出して、大火傷《おおやけど》を負うよりも、ブーゲンビル、ニュージョージアと島伝いに侵攻する道を選んだのだろう」

「慎重すぎると、墓穴《ぼけつ》を掘ることになりますな」

ビクセンは小さく笑った。

彼らがニュージョージアで足踏みしている間に、合衆国はガダルカナルを押さえた。

南部ソロモンの要となる場所だ。

基地がある程度形を整え、航空部隊が進出すれば、合衆国軍は反攻を開始できる。

手始めに、ムンダ――ルンガから約一九〇浬離れた場所に建設中の飛行場を叩き潰すのだ。

ビクセンは、今一度日本軍に呼びかけた。

「ムンダの飛行場が完成する日は永久に来ないぜ、ジャップ。二、三日中に、貴様らに思い知らせてやる」

【第二巻に続く】

ご感想・ご意見は
下記中央公論新社住所、または
e-mail：cnovels@chuko.co.jpまで
お送りください。

C★NOVELS

機動部隊旗艦《きどうぶたいきかん》「大和《やまと》」1
——鋼鉄《こうてつ》の守護神《しゅごしん》

2024年8月25日　初版発行

著　者　横山《よこやま》信義《のぶよし》
発行者　安部順一
発行所　中央公論新社
〒100-8152　東京都千代田区大手町1-7-1
電話　販売 03-5299-1730　編集 03-5299-1930
URL https://www.chuko.co.jp/

DTP　平面惑星
印　刷　三晃印刷（本文）
大熊整美堂（カバー・表紙）
製　本　小泉製本

Published by CHUOKORON-SHINSHA, INC.
Printed in Japan　ISBN978-4-12-501484-5 C0293

高速戦艦「赤城」1
帝国包囲陣

横山信義

満州国を巡る日米間交渉は妥協点が見出せぬまま打ち切られ、米国はダニエルズ・プランのもとに建造された四〇センチ砲装備の戦艦一〇隻、巡洋戦艦六隻をハワイとフィリピンに配備する。

ISBN978-4-12-501470-8 C0293　1100円　　カバーイラスト　佐藤道明

高速戦艦「赤城」2
「赤城」初陣

横山信義

戦艦の建造を断念し航空主兵主義に転じた連合艦隊は、辛くも米戦艦の撃退に成功した。しかしアジア艦隊撃滅には至らず、また米極東陸軍がバターン半島とコレヒドール要塞で死守の構えに。

ISBN978-4-12-501473-9 C0293　1100円　　カバーイラスト　佐藤道明

高速戦艦「赤城」3
巡洋戦艦急襲

横山信義

航空主兵主義に活路を求め、初戦の劣勢を押し返した連合艦隊はついにフィリピンの米国アジア艦隊を撃退。さらに太平洋艦隊に対抗すべく、最後に建造した高速戦艦「赤城」をも投入した。

ISBN978-4-12-501475-3 C0293　1100円　　カバーイラスト　佐藤道明

高速戦艦「赤城」4
グアム要塞

横山信義

米艦隊による硫黄島、サイパン島奇襲攻撃は苦闘の末に撃退された。だが、米軍は激戦の裏で密かにグアム島への増援を計画。日米は互いに敵飛行場の破壊と再建の妨害を繰り返す泥沼の状態に。

ISBN978-4-12-501477-7 C0293　1100円　　カバーイラスト　佐藤道明

表示価格には税を含みません

高速戦艦「赤城」5

巨艦「オレゴン」

横山信義

グアム島を攻略した日本軍。だが勝利を確信する米軍は強大な戦力を続々と前線に投入した。もはや、日本には圧倒的な勝利をもって、米国の戦闘続行を断念させるしか残された道はないのか。

ISBN978-4-12-501480-7 C0293　1100円

カバーイラスト　佐藤道明

高速戦艦「赤城」6

「赤城」永遠

横山信義

米海軍は新鋭空母や新型戦闘機を続々と前線に投入し、連合艦隊は航空優勢の維持すら困難な状態に。最後の作戦に撃って出る連合艦隊は、戦争終結への道筋をつけられるのだろうか？

ISBN978-4-12-501482-1 C0293　1100円

カバーイラスト　佐藤道明

連合艦隊西進す 1

日独開戦

横山信義

ソ連と不可侵条約を締結したドイツは勢いのままに大陸を席巻、英本土に上陸し首都ロンドンを陥落させた。東アジアに逃れた英艦隊は日本に亡命。これによりヒトラーの怒りは日本に波及した。

ISBN978-4-12-501456-2 C0293　1000円

カバーイラスト　高荷義之

連合艦隊西進す 2

紅海海戦

横山信義

亡命イギリス政府を保護したことで、ドイツ第三帝国と敵対することになった日本。第二次日英同盟のもとインド洋に進出した連合艦隊は、Uボートの襲撃により主力空母二隻喪失という危機に。

ISBN978-4-12-501459-3 C0293　1000円

カバーイラスト　高荷義之

連合艦隊西進す 3
スエズの彼方

横山信義

英本土奪回を目指す日本・イギリス連合軍にはスエズ運河を押さえ、地中海への航路を確保する必要がある。だが連合軍の前に、北アフリカを堅守するドイツ・イタリア枢軸軍が立ち塞がる！

ISBN978-4-12-501461-6 C0293　1000円　カバーイラスト　高荷義之

連合艦隊西進す 4
地中海攻防

横山信義

ドイツ・イタリア枢軸軍を打ち破り、次の目標である地中海制圧とイタリア打倒に向かう日英連合軍。シチリア島を占領すべく上陸船団を進出させるが、枢軸軍がそれを座視するはずもなく……。

ISBN978-4-12-501463-0 C0293　1000円　カバーイラスト　佐藤道明

連合艦隊西進す 5
英本土奪回

横山信義

日英連合軍はアメリカから購入した最新鋭兵器を装備し、悲願の英本土奪還作戦を開始。ドイツも海軍に編入した英国製戦艦を出撃させる。ここに、前代未聞の英国艦戦同士の戦いが開始される。

ISBN978-4-12-501465-4 C0293　1000円　カバーイラスト　佐藤道明

連合艦隊西進す 6
北海のラグナロク

横山信義

日英連合軍による英本土奪還が目前に迫る中、ドイツ軍に、ヒトラー総統からロンドン周辺地域の死守命令が下された。英国政府は市街戦を避け、兵糧攻めにして降伏に追い込むしかないと決断。

ISBN978-4-12-501468-5 C0293　1000円　カバーイラスト　佐藤道明

表示価格には税を含みません

烈火の太洋 1
セイロン島沖海戦

横山信義

昭和一四年ドイツ・イタリアとの同盟を締結した日本は、ドイツのポーランド進撃を契機に参戦に踏み切る。連合艦隊はインド洋へと進出するが、そこにはイギリス海軍の最強戦艦が――。

ISBN978-4-12-501437-1 C0293　1000円　カバーイラスト　高荷義之

烈火の太洋 2
太平洋艦隊急進

横山信義

アメリカがついに参戦！　フィリピン救援を目指す米太平洋艦隊は四〇センチ砲戦艦コロラド級三隻を押し立てて決戦を迫る。だが長門、陸奥という主力を欠いた連合艦隊に打つ手はあるのか⁉

ISBN978-4-12-501440-1 C0293　1000円　カバーイラスト　高荷義之

烈火の太洋 3
ラバウル進攻

横山信義

ラバウル進攻命令が軍令部より下り、主力戦艦を欠いた連合艦隊は空母を結集した機動部隊を編成。米太平洋艦隊も空母を中心とした艦隊を送り出した。ここに、史上最大の海空戦が開始される！

ISBN978-4-12-501442-5 C0293　1000円　カバーイラスト　高荷義之

烈火の太洋 4
中部ソロモン攻防

横山信義

海上戦力が激減した米軍は航空兵力を集中し、ニューギニア、ラバウルへと前進する連合艦隊に対抗。膠着状態となった戦線に、山本五十六は新鋭戦艦「大和」「武蔵」で迎え撃つことを決断。

ISBN978-4-12-501448-7 C0293　1000円　カバーイラスト　高荷義之

アメリカ陥落 1
異常気象

大石英司

アメリカ分断を招きかねない“大陪審”の判決前夜。テキサスの田舎町を襲った竜巻の爪痕から、異様な死体が見つかった……迫真の新シリーズ、堂々開幕！

ISBN978-4-12-501471-5 C0293　1100円　カバーイラスト　安田忠幸

アメリカ陥落 2
大暴動

大石英司

ワシントン州中部、人口八千人の小さな町クインシー。ＧＡＦＡＭ始め、世界中のデータ・センターがあるこの町に、数千の暴徒が迫っていた——某勢力の煽動の下、クインシーの戦い、開戦！

ISBN978-4-12-501472-2 C0293　1100円　カバーイラスト　安田忠幸

アメリカ陥落 3
全米抵抗運動

大石英司

統治機能を喪失し、ディストピア化しつつあるアメリカ。ヤキマにいたサイレント・コア部隊は邦人救出のため、一路ロスへ向かうが——。

ISBN978-4-12-501474-6 C0293　1100円　カバーイラスト　安田忠幸

アメリカ陥落 4
東太平洋の荒波

大石英司

空港での激闘から一夜、ＬＡ市内では連続殺人犯の追跡捜査が新たな展開を迎えていた。その頃、シアトル沖では、ついに中国の東征艦隊と海上自衛隊第四護衛隊群が激突しようとしていた——。

ISBN978-4-12-501476-0 C0293　1100円　カバーイラスト　安田忠幸

表示価格には税を含みません

アメリカ陥落５
ロシアの鳴動

大石英司

米大統領選後の混乱で全米が麻痺する中、攻め寄せる中国海軍を翻弄した海上自衛隊。しかしアリューシャン列島に不穏な動きが現れ……日中露軍が激しく交錯するシリーズ第５弾！

ISBN978-4-12-501478-4 C0293　1100円　カバーイラスト　安田忠幸

アメリカ陥落６
戦場の霧

大石英司

アリューシャン列島のアダック島を急襲したロシア空挺軍。米海軍の手薄な防御を狙った奇襲であったが、間一髪“サイレント・コア”の二個小隊が間に合った！　霧深き孤島の戦闘の行方は！

ISBN978-4-12-501479-1 C0293　1100円　カバーイラスト　安田忠幸

アメリカ陥落７
正規軍反乱

大石英司

守備の手薄なアダック島に、新たに中露の兵を満載した航空機２機が着陸。アダック島派遣部隊を率いる司馬光の決断は……アリューシャン列島戦線もついに佳境！　アメリカ本土に新たな火種も！

ISBN978-4-12-501481-4 C0293　1100円　カバーイラスト　安田忠幸

パラドックス戦争　上
デフコン3

大石英司

逮捕直後に犯人が死亡する不可解な連続通り魔事件。核保有国を震わせる核兵器の異常挙動。そして二一世紀末の火星で発見された正体不明の遺跡……。謎が謎を呼ぶ怒濤のＳＦ開幕！

ISBN978-4-12-501466-1 C0293　1000円　カバーイラスト　安田忠幸

パラドックス戦争　下

ドゥームズデイ

大石英司

正体不明のＡＩコロッサスが仕掛ける核の脅威！乗っ取られたＮＧＡＤを追うべく、米ペンタゴンのＭ・Ａはサイレント・コア部隊と共闘するが……。世界を狂わせるパラドックスの謎を追え！

ISBN978-4-12-501467-8 C0293　1000円　　カバーイラスト　安田忠幸

台湾侵攻１

最後通牒

大石英司

人民解放軍が大艦隊による台湾侵攻を開始した。一方、中国の特殊部隊の暗躍でブラックアウトした東京にもミサイルが着弾……日本・台湾・米国の連合軍は中国の大攻勢を食い止められるのか！

ISBN978-4-12-501445-6 C0293　1000円　　カバーイラスト　安田忠幸

台湾侵攻２

着上陸侵攻

大石英司

台湾西岸に上陸した人民解放軍２万人を殲滅した台湾軍に、軍神・雷炎擁する部隊が奇襲を仕掛ける——邦人退避任務に〈サイレント・コア〉原田小隊も出動し、ついに司馬光がバヨネットを握る！

ISBN978-4-12-501447-0 C0293　1000円　　カバーイラスト　安田忠幸

台湾侵攻３

電撃戦

大石英司

台湾鐵軍部隊の猛攻を躱した、軍神雷炎擁する人民解放軍第164海軍陸戦兵旅団。舞台は、自然保護区と高層ビル群が隣り合う紅樹林地区へ。後に「地獄の夜」と呼ばれる最低最悪の激戦が始まる！

ISBN978-4-12-501449-4 C0293　1000円　　カバーイラスト　安田忠幸

表示価格には税を含みません